한글꽃을
피운
소녀 의병

한글꽃을
피운
소녀 의병

변택주 글
김옥재 그림

차
례

의병이라면서 왜 한글만 익히래?   • 7

의병장이 보낸 서찰   • 12

우리와 일본군, 누가 목숨 걸고 나설까?   • 19

조선은 우리 땅!   • 32

곽재우 장군을 만나다   • 41

눈앞이 탁 트인 느낌이야   • 50

거름강 나루 싸움   • 63

조선에 온 일본 공주 가야   • 71

이게 무슨 글씨야?   • 79

왜적과 내통하다니   • 87

조선 의병이 된 일본 철포 부대장 ● 97

솥바위 나루 싸움 ● 107

《조선왕조실록》을 지켜 낸 놀이패 ● 115

달거리 ● 122

범을 혼쭐낸 토끼처럼 ● 133

과연 우리 임금님 아들 ● 143

한가위, 싸우지 말고 쉽시다 ● 150

나쁜 짓 한 사람은 별이 될 수 없어 ● 169

책을 펴내면서 ● 176

낱말 뜻풀이 ● 180

의병이라면서
왜 한글만 익히래?

"의병이라면서 왜 자꾸 한글만 익히래?"

종이에 코를 박고 삐뚤빼뚤 한글을 써 내려가던 달음이가 붓을 내려놓으며 툴툴거렸다.

"칼부림만 잘하면 왜적을 밀어낼 수 있을 것 같아?"

일본군 무찌를 '의병'으로 나서라는 글을 쓰던 막손이가 말을 받았다.

"왜적에 맞서 싸우는 데 무술보다 중요한 게 어디 있어?"

"힘센 장사만으로 왜와 맞설 순 없어. 칼과 창을 벼리는 사람도 있어야 하고, 다치면 구완해 '살릴이'도 있어야 해. 적이 움직이는 걸 '살필이'도 있어야 하지. 소식을 '알릴이'도 있어야 하잖아. 또 굶어 죽지 않으려면 농사를 내팽개쳐서도 안 돼."

"어휴, 숨도 쉬지 않고 주워 삼키네. 그 쪼끄만 머리에서 그런 얘기가 어찌 폭포수처럼 터져 나오니? 아무튼 내가 한글을 꼭 익혀야 하느냐고! 해도 너무해. 방방곡곡 떠돌다가 올해 들어 처음으로 집이랍시고 왔는데 오자마자 붙들어 뒀잖아. 벌써 며칠째야?"

열린 방문 밖으로 송이째 떨어져 뒹구는 능소화를 바라보며 한숨을 이리 쉬고 저리 쉬는 달음이는 놀이패에서 줄 타고 그릇 돌리기를 하며 놀던 아이였다. 오늘은 이 마을, 내일은 저 고을을 돌면서 줄을 타며 펄펄 날던 아이가 꼼짝도 하지 못하고 방구석에 쪼그리고 앉아 잘 써지지 않는 글을 쓰려니 답답할 만했다.

"의병을 모으려면 우리말로 뜻을 잘 밝혀 쓸 줄 알아야 해. 우리 마을만 해도 한시를 읽고 풀 수 있는 사람은 다섯 손가락을 다 꼽지 않아도 되지만, 한글은 코흘리개들 빼고는 다 뗐잖아. 어려운 한나라 글은 왜적들도 조금만 생각해 보면 금세 뜻을 헤아릴 수 있으나 한글은 깜깜할걸."

달음이가 고개를 절레절레 흔들면서 말했다.

"똑똑한 사람은 한나절이면 뗀다는 한글을 이토록 여러 날째 씨름하고 있는 내가 참 딱하네."

"한글을 못 떼서가 아니야. 마음을 움직여야 사람들이 의병에 나서겠다며 몰려들지 않겠어? 글씨도 한석봉처럼은 아니더라도 반듯하게는 써야 하니 거듭 쓰라는 거지."

달음이가 오므렸던 다리를 쭉 뻗으면서 말했다.

"에효. 내가 너를 어찌 이기겠니? 나라 살리는 일이라니 해야지.

그래도 맨날 여기저기 쏘다니다가 꼼짝없이 붙들려 앉아 있으려니 다리도 저리고 몸이 뒤틀려 못 견디겠어."

"그럼 조금 쉬자. 나도 너처럼 온 나라를 주름잡으며 다니고 싶었지. 그러나 다리를 저니 짐이 될까 봐 따라나서지 못했어. 그 덕에 역사와 글을 배울 수 있었지."

세 살 때 까닭 모르게 앓아 오른 다리를 저는 막손이는 열네 살 먹은 오늘까지 산내를 벗어나 본 적이 없다.

"한글 뗀 아이들이 적지 않은데 왜 나를 콕 집어서 한글을 익히래?"

"의병으로 나서라는 방을 써 붙이는 데 누가 제격이겠어? 나라 구석구석을 다녀 봤을뿐더러, 처음 보는 사람도 단박에 녹일 만큼 말주변이 좋고, 가볍고 날래기까지 하니 들키더라도 잡히지 않을 수 있잖아."

달음이가 막손이 머리를 쥐어박는 시늉을 했다.

"띄워 주면서 죽을 자리로 몰아넣다니. 괘씸하다."

임진년(1592년) 사월 열사흘날 부산 앞바다를 새까맣게 뒤덮으며 몰려든 일본군은 삽시간에 부산에 있는 성들을 무너뜨렸다. 거침없이 한양으로 치달은 일본군은 열하루 뒤인 스무나흗날, 상주에서 이일 장군이 이끄는 조선군을 눈 깜짝할 새에 짓밟았다.

바로 그날 지리산 자락 산내에 있는 마을, 어울림에 사는 아이들이 나누었던 이야기다.

벌렁 드러누워 있던 달음이가 벌떡 일어나 앉으면서 물었다.

"그런데 막손아! 명나라에선 한나라 글만 쓰잖아. 어째서 우린 한나라 글과 한글을 다 쓰니?"

"한나라 글을 모르는 백성들이 밥 먹듯이 억울한 일을 겪었어. 이를 안타깝게 여긴 세종 임금이 우리 말소리를 잘 드러내고 익히기도 쉬운 한글을 만드셨지. 그래서 글이 둘이 되었던 거야. 양반들이 '머리 쓰는 일은 우리에게 맡기고 너희는 시키는 일만 하면 되지 글은 배워 무엇하느냐.'면서 그마저 배우지 못하도록 가로막고 있지만."

"그러게. 일하면서 놓치지 말아야 할 것들은 글로 써 놓으면 좀 좋아? 일머리 알려 줄 때도 쉽잖아. 이렇게 쉬운 글을 만들어 줬는데 배우지 못하도록 가로막다니 양반들은 정말 심보가 고약해. 그나마 우리는 한글을 배웠기에 의병 모은다는 글을 써서 힘을 보탤 수 있으니 참 다행이야."

그때 사립짝을 밀며 한 아이가 마당으로 들어섰다.

"팔매야, 네가 웬일이야?"

"내가 못 올 곳이라도 온 것처럼 말하네? 겨리 어머니가 의령에서 돌아오셨어. 밝달 샘이 막손이, 널 부르셔. 네가 그동안 갈고 닦은 산술을 펼칠 때가 왔다고 말씀하신다."

막손이가 붓을 놓고 일어나면서 물었다.

"그래? 의령에 간 겨리하고 느개 누나는 어쩌고 있대?"

"지금쯤 의병 모은다는 방 붙이고, 왜군들이 어떻게 움직이는지 살피러 나서지 않았을까? 겨리 어머니하고는 진주성 앞에서 헤어졌대."

달리는 토끼를 맞힐 만큼 팔매질을 잘하는 팔매는 세 해 전 감을 딴다면서 높다란 감나무 꼭대기에 올라갔다가 미끄러져 왼팔을 쓰지 못한다.

의병장이 보낸 서찰

어울림 사람들이 의병을 모으겠다고 다짐하고 나선 까닭은 사월 열아흐렛날 온 서찰 한 장에서 비롯했다.

하늘과 땅 사이에 가장 애틋한 것은 목숨이라, 숨이 붙어 있는 것들은 다 마음 놓고 살기를 바랍니다. 그런데 왜척이 '명나라로 가는 길을 열라!'며 이 땅에 기어들었습니다. 오래도록 태평하여 원수를 막을 마련은 비록 없었을지라도, 우리 땅이 이토록 끔찍이도 사나운 발굽 아래 짓밟힐 줄 몰랐습니다. 이 원수들은 의로움도 정도 모르는 모질기 그지없는 무리로, 사람 죽이기를 풀 베듯 하여 원한이 나라에 넘칩니다.

그저 하루하루 살아갈 뿐인 저 곽재우는 나라 형편이 아침저녁으로 흔들리는 것을 보고 뜻이 같은 사람을 모으고 있습니다. 나라를 빼앗겨 원수들에게 휘둘린다면 살아도 산 게 아니요, 죽어도 눈을 감을 수 없을 것입니다. 커는 집안일은 다 헤쳐 버리고 나섰습니다. 다만 죽더라도 죽을 만한 곳을 찾지 못하여 북녘을 바라보고 가슴 허비며 울고 있습니다.

의리가 남다르고 재주를 두루 갖춘 어울림 사람들이 나서면 하루바삐 나라를 살릴 수 있다고 믿어 손 내밉니다. 그대들이 함께한다면 이 몸은 목숨을 다하더라도 그대들과 어울려 칼개를 빛낼 것입니다. 그대들이 오래도록 양반들에게 억울하게 시달린 줄 잘 압니다. 부디 뿌리치지 말고 바람 앞에 선 등불인 나라부터 살리고 나서 힘 모아 그릇된 것을 하나하나 바로잡아 갑시다.

홍의장군 곽재우

곽재우 장군이 보낸 서찰을 보고 거리가 바우에게 말을 던졌다.

"아부지, 나라를 쥐락펴락하던 양반님네들은 다 어디 갔어요?"

"에휴."

"하긴 선농제에 올릴 소 한 마리도 제대로 잡지 못해 쩔쩔매는 군졸들이 어찌 왜적을 무찌를 수 있겠어요!"

"그러게. 왜군이 물밀듯이 쳐들어온다는 소리만 듣고도 삼십육계 줄행랑을 놓았다니 말해 뭐 할꼬."

거리가 낯을 찌푸리며 두 주먹을 불끈 쥐었다.

"양반들도 지키지 못한 나라 살리려고 우리가 나서야 한다니 말이 돼요?"

겨리는 버들고리 만드는 윤슬을 어머니로, 백정인 바우를 아버지로 둔 열네 살 난 아이다. 본디 이름은 결로, 밝달이 지어 준 이름이다. 그런데 "결이야!" 하고 부르면 '겨리야!'로 들려 '겨리'가 됐다.

단군 사당을 지키면서 어울림을 어우르는 밝달은 우리가 흔히 쓰는 살림살이란 말에는 '너를 살릴 때 비로소 내가 살 수 있다.'는 뜻이 담겼다면서, 사람은 서로 살리는 힘을 갖추려고 배운다고 했다. 누구나 샘이 되어 동무를 살려야 한다는 밝달을, 아이들은 '샘'이라고 하는데 어른들은 '나리'라고 부른다.

밝달은 우리는 밝달 겨레라고 했다. '밝달'은 '밝은 땅'이라는 말이고, 밝달 겨레는 '아사달', 곧 '아침이 밝아 오는 땅'에서 한 결을 이루며 사는 무리라는 말이다.

지리산 골짜기에 있는 어울림은 떠돌이들이 모여 이룬 마을이다. 마소를 잘 다루는 떠돌이에게 덧붙은 이름은 백정인데 재인이나 광대, 무자리라고도 불렸다. '무자리'는 '버드나무가 자라는 물가를 따라가며 사는 이들'이라는 말이고, '재인'은 '노래나 춤, 악기를 잘 타는 재주꾼'이라는 말이다.

고려나 조선 사람들은 짐승을 잡는 데 서툴러 백정이 나서서 소나 돼지를 잡아 줬다. 그런데 조선에 들어오면서 백정에게 농사를 짓도록 하겠다고 나섰다. 농사를 지으려면 땅이 있어야 하는데, 농사짓기 좋은 땅은 대대로 농사를 지어 온 이들이 다 차지하고, 남은 땅은 물가라 큰물이 들면 위험할뿐더러 지나치게 축축하거나 비탈진 땅뿐이었다. 게다가 백정은 농사를 짓다가도 사대부가 부르면 시도 때도 없이 달려가 소나 돼지를 잡아야 하고, 버들고리 가져오라고 하면 밤을 새워서라도 손이 부르트도록 짜서 바쳐야 했다. 또 사대부들이 사냥에 나서면 몰이꾼 노릇을 도맡아 했는데, 품삯은커녕 끼니를 굶는 일도 흔했다. 게다가 거친 땅에서는 소출도 얼마 되지 않는데 부역이며 세금은 남들과 똑같이 내야 하니 죽을 맛이었다. 이러니 백정을 아버지로 둔 겨리가 이런 나라를 살리겠다고 나서야 하느냐며 가슴 칠 수밖에.

겨리네는 겨리가 태어나기 전부터 어울림에 살다가 일곱 살 때 의령으로 나가 버들고리 그릇이나 궤짝, 짐승 가죽 따위를 팔았다. 그러던 어느 날, 양반들이 잔치를 벌이면서 바우를 불러 사사로이 소를 잡게 하고 저희만 배불리 먹고 뼈를 뒤뜰에 묻었다가 들통이 났다. 원님이라는 이는, 양반들은 털끝도 건드리지 않고, 시키는 대로 소를 잡고 고기 한 점 입에 넣어 본 적 없는 바우만 잡아다 곤장을 치려고 했다. 이때 애꿎은 사람 괴롭히지 말라고 가로막고 나선 사람이 곽재우였다. 바우는 풀려나자마자 더는 시달리기 싫다며 어울림으로 돌아왔다. 돌아온 지 세 해째다.

곽재우 장군이 보내온 서찰을 밝달에게 전하려고 단군 사당으로 가던 겨리와 바우는 윤슬과 마주쳤다.

"엄마! 어디 갔다 와?"

윤슬이 눈을 살짝 흘기며 말했다.

"나물 좀 뜯었어. 부녀가 뭔 얘기를 그리 정답게 나눠? 샘나게."

"샘낼 만한 얘기가 아니야. 왜적이 쳐들어왔대."

"왜구들이 또 노략질한다는 말이냐?"

바우가 머리를 홰홰 저었다.

"아니. 수십만 대군이 물밀듯이 한양으로 올라가고 있답디다."

금세 얼굴이 흙빛이 된 윤슬이 발을 동동 굴렀다.

"뭐라고요? 큰일 났네. 그럼 어떻게 해요?"

"글쎄 어찌해야 할지 뜻을 나누려고 밝달 나리에게 가려는 참이요. 같이 가려우?"

"어서 가요."

휘삐삐빗 휘삐삣!

휘파람새 소리를 들은 거리는 문득 휘파람새 소리를 남달리 좋아하는 막손이가 떠올랐다.

"밝달 샘한테는 두 분이 가세요. 나는 막손이를 만나러 가야겠어요."

우리와 일본군,
누가 목숨 걸고 나설까?

막손이네는 어울림 동쪽 가장자리 샘터 옆에 있다. 막손이 어머니와 아버지가 목수라서 집 짓는 데 쓰는 소나무와 전나무가 우거진 이곳에 터를 잡았다. 소목인 어머니, 솜씨는 나무를 깎아 살림살이를 만들고 대목인 아버지, 옹이는 집을 짓는다. 대장간에서 낫이나 호미 따위를 벼리는 막손이도 나무 다듬는 솜씨가 만만치 않다. 혼인할 때 쓰이는 기러기를 비롯해 악귀를 쫓는다는 범이며 깎지 못하는 것이 없다. 겨리는 제 손으로 얼레를 멋들어지게 깎아서 연을 날리는 막손이가 부러웠다. 저도 깎아 보겠다며 덤볐으나 제대로 마무리한 적이 없었다. 그래서 겨리는 스스로 '똥손이'라고 불렀다.

마침 샘에서 물을 긷던 막손이가 겨리를 보고 반겼다.

"웬일이야?"

"큰일 났어. 왜적이 쳐들어왔대."

"호들갑은. 왜구가 쳐들어온 게 어제오늘 일이 아니잖아."

"이번엔 달라. 이십만 대군이 부산진성, 동래성, 밀양성을 차례로 점령하고 물밀듯이 한양으로 쳐 올라가고 있대."

"무어?"

"곽재우 나리가 의병에 나서라고 서찰을 보내왔어."

막손이에게 바우와 나눈 얘기를 하면서 겨리가 물었다.

"너는 어떻게 생각해? 나는 양반들도 다 도망가는 판에 억눌리던 우리가 어째서 나라를 살리는 데 나서야 하느냐고 했거든."

"맞아, 오죽했어야 말이지."

"너도 나와 생각이 같다는 말이지?"

"응? 그건… 앞뒤를 짚어 봐야 하지 않을까. 나도 양반이 싫어. 그러나 나라가 싫은지는 좀 짚어 봐야겠어."

"무슨 말이 그래. 나라를 다스리는 건 사대부들이잖아."

"양반들이 나라를 다스릴 뿐이지, 그 사람들이 나라는 아니잖아."

무슨 말인가 싶어 어리둥절해하는 겨리를 보며 막손이가 말을 이었다.

"조선은 양반들만 사는 나라가 아니라는 얘기야."

듣고 보니 막손이 말이 옳았다. 누가 다스리든 이 나라는 모든 조선 사람이 살아가는 땅이다.

"그래. 그렇더라도 양반들이 우리를 숨도 쉬지 못하도록 한 건 달라지지 않아."

"그러나 나라를 잃으면 더 시달릴 수도 있어. 우리말과 풍습을 팽개치고 일본 것을 새로 익혀야 할걸? 틀림없이 싸울아비들 먹일 곡식 내놓으라고 옥죄고, 아버지들도 화살받이로 끌고 가려 할 거야."

"똘똘 뭉쳐서 막아야 하겠구나. 우리가 이길 거야. 하늘은 좋은 편이잖아."

막손이는 길어 올린 물이 바닥에 쏟아지는지도 모르고 말을 이었다. 싸움 놀이 하면 누구와 맞서도 조금도 밀리지 않을 만큼 놀라운 꾀를 내는 꾀돌이답게 허튼 데라고는 찾아볼 수 없는 낯빛이었다.

"좋으냐, 나쁘냐에 따라 이기고 지는 게 갈린다면 얼마나 좋겠어? 싸움은 누가 더 수가 많고 훌륭한 무기를 가졌느냐, 더 좋은 꾀를 세우느냐에 따라 갈려."

"어찌해야 해?"

"왜군이 아무리 세다고 해도 다 잘하진 않을 테니까 우리가 더 센 것으로 허술한 데를 치면 되겠지. 말 나온 김에 밝달 샘 찾아가 여쭤 보자."

그새 날이 컴컴해지고 하늘에는 반달이 곱다라니 떴다. 겨리는 보름달보다 이우는 반달을 좋아한다. 꽉 채운 데 머물지 않고 덜어 내고 비워 내는 모습이 아름답기 때문이다.

한편 서찰을 본 밝달은 느개도 불러들였다. 여섯 살 때 어버이를 여의고 어울림에 들어와 밝달과 함께 사는 느개는 이제 열일곱 살이다. 느개는 수리검으로 멧돼지를 잡을 만큼 병장기를 잘 다루고, 가야금 타는 솜씨도 뛰어났다. 밝달이 일찌감치 뒤를 이을 사람으로 꼽았다는 얘기가 짜하니 돌 만큼 슬기로웠다. 그래서 겨리와 막손이를 비롯한 아이들이 믿고 따랐다.

경인년(1590년) 삼월, 조선 통신사가 일본으로 떠났다는 소식을 들은 밝달이 일본을 아우르는 도요토미 히데요시 욕심으로 보아 머잖아 전쟁이 일어날 것 같은데 우리나라에는 화약 다룰 줄 아는 이가 거의 없어 걱정이라고 했다. 느개가 어디에 가면 화약 만드는 비결을 알 수 있느냐고 물었다. 대마도라는 얘기에 선뜻 화약 만드는 비결을 알아 오겠다며 대마도로 갔다가, 지난해 말에 돌아와 서당에서 아이들을 가르치고 있었다.

밝달과 바우, 윤슬과 느개는 양반들에게 수없이 설움을 겪은 어울림 사람들을 움직이게 하려면 어떻게 해야 할지 뜻을 나눴다. 아울러 마을 사람들이 의병에 나서기로 뜻을 모으면 몇 해 동안 모아 둔 염초와 쇠로 화약과 무기를 만들기로 했다.

바우와 윤슬을 보내고 난 밝달이 한숨 돌리고 있을 때 겨리와 막손이가 찾아왔다.

새하얀 머리카락을 단정히 빗은 밝달이 참 곱다고 생각하면서 겨리가 물었다.

"샘, 아까 바우와 윤슬하고 말씀 많이 하셨을 텐데 고단하지 않아요?"

밝달이 쑥차를 내려 주면서 말했다.

"고단하기는… 고단하더라도 너희를 만나면 생기가 돌지. 그래, 무슨 얘기를 하러 오셨을꼬?"

"왜적을 어떻게 해야 할지, 여쭤 보려고요."

"무엇이 궁금하누?"

"샘이 《손자병법》 얘기를 하면서 저쪽을 알고 이쪽을 알면 백 번 싸워도 위태롭지 않다고 하셨잖아요. 왜군과 우리가 더 낫고 못한 게 뭔지 짚어 보고 싶어요."

반듯이 앉아 또박또박 묻는 막손이를 바라보며 밝달이 빙그레 웃었다.

"하나하나 짚어 볼까? 일본 사람들은 백 해가 넘도록 저희끼리 피 터지게 싸우고 우리는 이백 해 동안 화평했어. 누가 더 싸움에 이골 났을까?"

막손이가 똘망똘망하게 말했다.

"그야 일본 사람들이겠지요."

"맞아. 그러면… 우리와 일본 사람 가운데 누가 더 잘 뭉칠까?"

막손이가 이내 대답했다.

"음, 우리가 아닐까요? 일본 사람들은 여러 갈래로 찢어져 싸웠으니까요."

"옳거니! 힘은 우리가 더 잘 모을 수 있어. 무기는 어떨까?"

"오래도록 싸워 온 일본이 더 세지 않을까요?"

"그래, 창이며 칼 모두 우리 것보다 일본 것이 앞서지. 또 철포라는 화승총은 우리가 가진 승자총통보다 멀리 나가고 명중률도 높아. 그러나 적을 무더기로 죽거나 다치게 할 수 있는 천자, 지자, 현자, 황자 총통은 우리 것이 더 세. 그래도 칠 대 삼으로 일본이 세다고 봐야지. 총통은 만들려면 쇠도 많이 들어가고 포탄 또한 기술이 좋지 않으면 만들기 어려울뿐더러 포는 멀리서 쏠 때만 힘을 쓸수 있으니."

고개를 갸웃거리던 겨리가 물었다.

"우리가 센 무기도 있구나. 근데 어째서 맥없이 무너졌어요?"

"우리 수군이 제구실하지 못해서 그렇지. 일본 배가 아무리 새까맣게 떴더라도 훨씬 튼튼하고 커다란 판옥선과 벼락같은 총통을 가진 우리가 바다에서 한 번 크게 흔들어 줬더라면 좋았을 거야. 그랬더라면 아무리 싸움에 이골이 난 왜군일지라도 날카로움이 무뎌졌을 테지. 그사이에 뭍에 있는 우리 군이 채비를 할 수 있었을 텐데, 겁에 질려 맥없이 물러섰기 때문에 왜군은 피 한 방울 흘리지 않고 뭍에 오를 수 있었지."

"샘은 어울림을 벗어난 적이 별로 없는데 어찌 바깥일을 그토록 잘 아세요?"

"하하, 나라 곳곳에 퍼져 있는 우리 식솔들이 다 내 눈이 되고 귀가 되어 주잖니. 또 짚어 볼까? 지리산에서 어떤 골짜기가 가장 깊고 어느 봉우리가 가장 높다랗고 가파른지는 누가 더 잘 알까?"

"그야 우리지요."

"옳거니! 우리가 쓰는 말과 글, 낯빛에 드러나는 뜻을 잘 알 수 있는 사람들은?"

"그도 우리겠지요."

"맞아, 어디서 어떤 낟알이 더 잘 자라는지 여름에도 발을 담그기 어려울 만큼 시린 물이 있는 데를 잘 아는 이도 왜군이 아닌 우리지. 또 없을까?"

밝달이 묻자마자 겨리가 질세라 손을 번쩍 들었다.

"아끼는 식구들을 지켜야 하는 사람도 우리잖아요."

"그렇지! 아끼는 이들을 지켜야 하는 우리가 목숨 걸고 나설 테지? 물러설 수 없음이 우리가 지닌 가장 커다란 힘이야. 이만하면 얼추 나오지 않았을까. 누가 더 나은 것이 많아?"

막손이가 밝달에게 바싹 다가앉았다.

"일본이 둘, 우리가 다섯으로 우리가 훨씬 많아요."

"이제까지 나온 얘기들을 찬찬히 짚어 볼까. 여러 백 해를 평화롭게 살아온 우리와 끊임없이 싸움박질하던 일본 사람들은 결이 달라. 결이 거친 이들하고 한 지붕을 이고 살아야 한다고 생각해 봐. 끔찍하지? 젖 먹던 힘까지 쥐어짜도 막을 수 없을지 몰라. 그렇다고 주저앉을 수는 없잖아. 아주 적은 숫자로 열 곱절도 넘는 수나라 별동대 삼십만 대군을 무찌른 고구려 장군 을지문덕을 떠올려 봐. 고려 장군 서희는 어땠어? 십만 대군을 이끌고 쳐들어온 거란 장수 소손녕과 맞서 땅을 빼앗기기는커녕 강동 육주와 압록강

동쪽 이백팔십 리를 얻어 냈잖아. 이처럼 우리는 어려울수록 더욱 놀라운 힘을 쏟아 내는 겨레야. 범에게 물려 가도 정신을 차리면 살길이 열리고, 하늘이 무너져도 솟아날 구멍이 있다잖아."

우리보다 열 곱절이나 센 나라를 물리쳤다는 소리에 겨리와 막손이 눈빛이 반짝거렸다. 말을 마친 밝달은 어둑어둑해진 지리산 자락을 그윽한 눈길로 바라봤다. 눈길이 닿는 그 자락에서 소쩍새 우는 소리가 들렸다.

그때 막손이가 말했다.

"샘, 소쩍새가 솥 적다, 솥 적다고 노래하는 것 같지 않아요? 그러면 풍년이 든다던데."

"그래? 그러면 좋겠다. 이 난리에 풍년이라도 들어야 그나마 시름이 덜할 테니. 허긴 올봄에는 떡갈나무나 졸참나무, 갈참나무꽃도 좋지를 않았어. 참나무꽃이 좋지 않은 해엔 어김없이 풍년이 든다고 했느니."

"참나무꽃이 좋지 않으면 풍년이 든다니 무슨 말씀이세요?"

"흉년이 드는 해에는 도토리가 많이 열려. 그런데 올해엔 참나무꽃이 좋지 않아 도토리가 적게 열릴 테니 풍년이 들 것이라는 얘기야. 자연은 품이 깊고 넓어서 어떻게든지 살아갈 수 있도록 숨통을 틔워 주려고 한다는구나."

어려울수록 바람을 담아 우스갯소리처럼 얘기하는 것도 우리 겨레가 지닌 힘이라고 생각하던 겨리가 말했다.

"아! 소쩍새 소리를 노래라고 하는 막손이 말을 듣다가 생각이

났는데요. 의병을 모으는 노래를 만들어 퍼뜨리면 어떨까요?"

"우아, 좋은 생각이다!"

"그래, 어울림 식구들이 의병이 되기로 뜻을 모으고 나면, 신바람을 일으켜 왜적을 물리치자는 노래를 만들면 좋겠구나."

막손이가 손뼉을 치며 반기고, 밝달도 맞장구쳤다.

날이 밝자 멀리 나가 있는 사람들을 빼고 일흔 남짓한 사람들이 우르르 모여들었다. 어울림 바라지이 밝달이 입을 열었다. 바라지이는 꽃잎이 흩어지지 않도록 감싸는 꽃받침처럼 마을을 어우르는 이란 말이다.

"들어서 아실 테지만 이십만에 가까운 왜적이 쳐들어와 동래성을 비롯해 여러 고을을 짓밟고 거침없이 한양으로 쳐들어가고 있답니다. 의령 선비 곽재우가 의병을 일으키려는데, 우리 마을 사람들도 함께했으면 좋겠다며 서찰을 보내왔습니다."

서찰을 큰 소리로 읽고 난 밝달이 마을 사람들에게 물었다.

"어쩌면 좋겠습니까? 품은 생각을 거리낌 없이 말씀하세요."

댓바람에 손사래 치며 나선 사람은 고을 군수 횡포에 아버지를 잃고 여덟 해 전에 어울림에 들어와 약풀 캐면서 의원 노릇 하는 돌쇠 아재였다.

"누릴 것 다 누리고 사는 것으로도 모자라 염치를 다 팽개치고 재물 긁어모으기에 눈이 벌게 나라를 이 모양 이 꼴로 만든 게 양반들이오. 그 사람들도 '나 몰라라.' 하고 제 식솔 챙겨 도망가기 바쁜 마당에 어찌 우리보고 목숨 내놓고 나서라는 말이오? 아니 될 말이외다."

반 시진이면 삼십 리를 너끈히 간다는 날래미 아지매가 말을 받아 손사래를 쳤다.

"그래요. 이 나라가 어찌 우리나라란 말이요? 그 잘난 양반님네 나라지."

맞장구치고 나선 이는 날랜 범을 잡던 착호갑사 출신 당찬 아재 였다.

"옳아요. 우리가 수십만이나 된다는 왜적에 맞설 힘도 없지만, 나라 사람이 다 들고일어나 왜놈들을 내쫓는다고 해도 나라를 찾은 다음엔 양반들이 어찌 나오겠소? 저희가 잘나서 왜적을 몰아냈다고 설치면서 난리 통에 잃은 재산을 벌충하겠다고 덤빌 게 불 보듯 뻔하지 않소."

사대부 사냥에 따라갔다가 몰이꾼들에게 품삯은커녕 끼니도 챙겨 주지 않는 걸 본 당찬 아재는 "저 사람들은 어떻게 살아가란 말이냐."고 따지다가 "임금님도 하지 않는 사냥을 사대부들이 하면서 이럴 수는 없다!"며 박차고 나왔다. 선조 임금은 윗대 임금과는 달리 백성들에게 어려움을 끼치지 않겠다며 사냥을 하지 않았다.

여기저기서 나서선 안 된다는 소리가 빗발쳤다.

"옳소!"

"맞아요."

가장 드세게 손사래 치며 나선 사람은 몰이꾼으로 불려 다니다가 고을 사또가 쏜 화살에 맞아 왼 다리를 저는 대장장이 망치 아재였다.

"생목숨 바치면서 나설 순 없소!"

"설마, 왜놈이 양반보다 가혹하겠어요?"

"그렇게만 생각할 게 아니에요. 왜군은 제 나라 사람에게도 무척 모질게 군다던데요."

윤슬이 가로막자 망치 아재가 바로 맞받았다.

"나는 새도 떨어뜨린다는 조총이란 것도 가지고 있다는 왜놈들에게 생목숨을 갖다 바치란 말이오?"

"그런 말씀이 아니고요. 양반은 사람을 데려다가 주리를 틀 뿐이지만 왜놈들은 맘에 들지 않으면 단칼에 죽이고, 여성에게 몹쓸 짓도 서슴지 않는다잖아요. 이런저런 것을 다 아울러 헤아리고 나서 어찌해야 할지를 굳혀야 한단 말씀이에요."

는개가 맞장구치며 나섰다.

"맞아요, 욱하며 치솟는 느낌에 휩싸여 헛발을 디디면 뒷날 땅을 치며 뉘우쳐도 돌이킬 수 없어요. 그러니 우리가 사는 뜻을 하나하나 헤아려 짚어 봐야 해요."

"괴롭히는 여우를 견디다 못한 토끼가 여우를 내쫓겠다며 승냥이를 불러들인다면 처지가 더 나아질 수 있을까요?"

윤슬이 받은 말에 사람들이 고개를 주억거렸다.

그동안 잠자코 이야기 바람을 일으키는 사람들을 바라보던 바우가 입을 열었다.

"섣불리 매듭짓기보다는 가까운 사람들끼리 이모저모 짚으며 뜻을 나눠 보고 내일 아침 일찍 만나 아퀴 지으면 어떨까요?"

밝달이 마무리했다.

"좋아요. 여러모로 깊이 헤아려 생각을 다듬고 나서 내일 아침에 만나 뜻을 세웁시다."

조선은 우리 땅!

사람들이 흩어지자 겨리가 막손이와 함께 너럭바위 쪽으로 가면서 말했다.

"우린 의병 모으는 노래에 어떤 얼거리가 들어가야 할지 얘기 나눠 보자."

막손이가 눈을 반짝이며 조심스럽게 말을 꺼냈다.

"우리는 한 얼을 지닌 겨레라는 것을 담으면 어떨까?"

막손이에게 질세라 겨리가 말했다.

"좋아! 햇살과 하늘이 어울려 낳은 단군이 나라를 세우며 이른 '어울려 서로 살리는 누리가 아름답다'는 뜻을 넣자."

"같은 말과 글을 쓴다는 것도 담아야 하겠지?"

"그래! 세종 임금이 훈민정음을 지으신 것과 나라를 지킨 뜻도 담으면 더 좋겠다.”

“우리 식구를 지키고 살린다는 뜻도 담아야 하지 않을까?”

추임새를 넣어 가며 말을 주고받다 보니 나눌 뜻이 뚜렷해졌다.

겨리가 척척 뜻을 받아 주는 막손이를 흐뭇하게 보았다.

“착하면 척이네. 미리 뜻을 맞춘 것도 아닌데 말이야.”

“왜적을 무찌른다는 말도 들어가야겠지?”

“당연하지.”

담을 것은 의병, 한 얼, 한겨레, 말과 글, 훈민정음, 세종 임금, 을지문덕, 강감찬, 서희 장군, 나라 세운 뜻, 식구, 지킴, 살림, 왜적, 무찔러 따위였다. 겨리가 노랫말을 짓기로 하고 저녁때 너럭바위에서 다시 만나기로 했다.

땅거미가 질 무렵 너럭바위 앞으로 겨리와 막손이, 달음이와 팔매가 모였다.

겨리가 아이들을 둘러보았다.

“노래 다 지었는데 들어 볼 테야?”

“그새?”

“막손이와 열쇳말을 먼저 만들었거든. 어떤지 들어 봐.”

겨리가 으쓱으쓱 움찔움찔 흥을 실어 노래를 불렀다.

하얀 해 검 하늘, 어울리어 낳은 땅

어우렁더우렁 서로 살려라.

일깨우신 큰 뜻, 품어 새긴 그 이름
아사달! 아사달!

어진 말, 고운 결, 인심 좋은 이 나라
쌈박질 왜척이 몰려 들어와
명나라 가는 길 열어 달라 짓밟네.
어쩌면 좋을까?

동무야 모여라! 내남없이 나서자!
우리나라 사람 힘껏 지키자!
어울려 나서는 우리가 곧 담이다.
무찔러 일본군!

우리 얼 우리 뜻 가지런히 담아서
훈민정음 만든 세종 임금과
을지문덕, 강감찬, 서희 장군 따라서
이 나라 살리자!

의병 될 사람 이리 와서 붙어라.
한 얼 가진 사람을 한글이 불러
이 나라 이 땅을 우리 힘껏 지키자.
조선은 우리 땅!

"우와! 좋다!"

달음이가 벌떡 일어나면서 말했다.

막손이도 손뼉 치며 맞장구쳤다.

"생각을 뛰어넘는걸. 밝달 샘이 좋아하시겠다."

"참말?"

"아주 좋아!"

막손이와 달음이, 팔매가 입 모아 외쳤다.

"그렇다면… 아이들이 이 노래를 부르면서 놀도록 하면 어떨까?"

팔매가 장단을 맞췄다.

"좋지, 널리 퍼뜨릴 수 있을 테니까."

달음이가 나섰다.

"줄넘기와 줄뛰어넘기에 붙여 부르면 좋겠네."

팔매가 달음이에게 바싹 다가서면서 물었다.

"어떻게 하는 놀이인데?"

"나도 이번에 배웠는데 긴 줄을 양쪽에서 잡고 빙빙 돌리는 사이에 들어가 장단 맞춰 깡충깡충 뛰어노는 것이 줄넘기이고, 줄뛰어넘기는 양쪽에서 줄을 팽팽하게 잡고 아이들이 노랫가락에 맞추어 줄 이쪽저쪽으로 뛰어넘으며 노는 놀이야."

"그래? 바로 해 볼까?"

엉덩이가 가벼운 막손이가 벌떡 일어나 달려가더니 제법 기다란 새끼줄을 가지고 왔다. 달음이는 막손이와 겨리에게 줄을 잡고 빙빙 돌리라고 하고는 안으로 들어가 도는 줄에 맞춰 깡충깡충 뛰었다. 그러나 이내 발에 줄이 걸리고 말았다.

"이렇게 걸리면 줄을 잡고 있던 아이한테 놀이를 넘겨주는 거야."

"아하! 그럼 줄뛰어넘기는 어떻게 해?"

달음이는 이번에는 팔매와 막손이에게 줄을 팽팽하게 당겨 잡으라고 하더니 제가 들어가서 오른발, 왼발을 번갈아 가며 깨금발을 뛰면서 놀았다.

줄을 잡고 서서 지켜보던 막손이가 한마디 했다.

"이건 만만치 않은데."

달음이가 겨리를 부추겼다.

"그렇지? 몸이 가볍고 발놀림이 가벼운 아이들이 잘할 수 있는 놀이야. 겨리, 네가 잘하겠다. 어서 해 봐."

줄넘기와 노래를 맞춰 본 아이들은 서둘러 단군 사당을 찾았다. 뜨락을 거닐던 밝달이 반겼다.

막손이가 밝달에게 달려갔다.

"샘, 겨리가 의병 모으는 노래를 지었어요. 근데 노랫말이 놀라워요."

"그래? 어디 들어 볼까?"

아이들은 밝달이 보는 앞에서 줄넘기에 맞춰 노래하며 신바람을 일으켰다.

"이야! 그새 놀이하고 맞췄어? 처음 보는 놀이네."

줄넘기를 해서 낯꽃이 발그레한 겨리가 말했다.

"네, 달음이가 배워 온 놀이예요."

"오! 내일 아침에 마을 사람들이 의병을 나가기로 뜻을 굳히면 놀이에 맞춰 노래를 한번 불러 주면 좋겠다."

이튿날 날이 밝자 사람들이 모였다. 하루 내내 바위와 윤슬, 는개가 부지런히 발품을 팔면서 마음을 맞춰서 그랬는지 양반에게 받은 설움은 잠깐 미뤄 두고 왜적에 맞서 나라를 지키기로 뜻을 모았다. 억눌리고 서러움을 겪더라도 같은 나라 사람에게만 겪자는 생각에서였다. 하찮다고 여기던 백정이나 재인들이 나서서 나라를 살리는 데 힘을 보태면 사대부가 달라지지 않을까 하는 바람도 없지는 않았다.

뜻이 모이자 밝달이 의로운 맞싸울이가 되자고 외쳤다.

"오늘부터 우리는 모두 나라를 살릴 '맞싸울이'입니다. 사람 목숨을 파리 목숨보다 가볍게 여긴다는 왜적들과 한 하늘을 쓰고 살아갈 수는 없습니다. 이제 우리는 스스로 지키기로 뜻을 굳힙니다. 우리는 우리 마음을 잘 드러내는 우리 말과 글을 누구보다 잘 알고 있습니다. 그래서 의병 모으기를 비롯해 사람들에게 알리려는 뜻을 널리 펼 수 있으며, 놀이패를 비롯한 재인들은 싸울아비들을 북돋울 수 있습니다. 우리에게는 누구보다 빠른 발을 가진 사람들이 있습니다. 또 골목골목 어느 곳에도 우리 발길이 닿지 않은 데가 없어 왜적 살피는 일을 하기에 알맞습니다. 인심을 낱낱이 꿰고 있어

곳곳에 있는 사람들과 뜻을 맞춰 왜군이 다니는 길을 막아 쌀과 무기 따위를 빼앗으며 흔들 수 있습니다. 약풀을 캐고 구완을 잘할 수 있는 이들이 적지 않아, 다친 사람을 보살필 수 있습니다. 우리가 나섭시다!"

"좋소!"

"나아갑시다!"

"고맙습니다. 우리 아이들이 의병 모으는 노래와 놀이를 만들었습니다. 들어 보시렵니까?"

사람들이 치는 손뼉에 맞춰 겨리와 아이들이 몰려나와 줄넘기와 줄뛰어넘기를 하면서 '조선은 우리 땅'을 부르며 놀았다. 놀이가 이어지는 사이사이 손뼉 치는 소리가 지리산 골짜기를 흔들었다.

"어떻습니까?"

"아주 좋아요."

"아이들이 자랑스럽지요?"

마을 사람들은 지리산이 떠나가라 소리쳤다.

"네!"

소리가 가라앉자 밝달이 말했다.

"이 노래를 널리 퍼뜨리면 좋겠습니다. 이제 죽이는 싸움이 아닌 살리는 싸움을 하려는 우리 뜻을 곽재우 장군에게 알려야 합니다. 누가 다녀오시렵니까?"

망치 아재가 받았다.

"바우에게 보내온 서찰이니 바우가 다녀와야 하지 않을까요?"

바우가 우렁우렁한 목소리로 말했다.

"그래야 하겠지요. 그러나 우리가 의병들을 뒷받침하려면 무기도 만들어 대 줘야 하고… 마련해야 할 것이 적지 않아요. 어울림살림을 맡은 제가 자리를 비우기는 어렵습니다. 윤슬도 곽재우 장군을 잘 아니 윤슬이 다녀오면 어떨까요? 무예가 뛰어난 당찬 아재와 일본 말 잘하는 느개가 같이 가면 의병 부대에 힘이 될 수 있으리라 생각합니다만."

당찬 아재가 답했다.

"제가 아주머니를 모시고 다녀오겠습니다."

다시 밝달이 나섰다.

"우리 말, 글을 잘 풀어내는 사람이 같이 가야 의병을 모으는데 힘이 될 수 있지 않겠습니까? 나이는 어리지만 누구보다 우리 말, 글을 잘 살려 쓰는 겨리가 같이 가면 좋겠습니다. 다들 어떠신지요?"

곽재우 장군을
만나다

이튿날 겨리와 윤슬, 느개와 당찬 아재는 동이 트기도 전에 서둘러 길을 나섰다. 지리산에서 의령까지는 줄잡아 이백오십 리. 사냥으로 단련되어 날랜 당찬 아재는 말할 것 없이, 이 마을 저 마을 다니면서 물건 팔던 윤슬도 만만치 않게 빨랐다. 미처 따라가지 못하는 겨리를 업은 당찬 아재와 윤슬, 그리고 느개는 자정이 다 되어 의령 유곡면 세간리에 닿았다.

마을 어귀에 들어서니 창검을 든 사내들이 막아섰다.

"뉘시오?"

"지리산 어울림에서 온 사람들이오. 곽재우 장군 서찰을 받고 왔소."

"그러십니까? 예서 잠깐 기다리십시오."

한 사내가 마을로 달려 들어갔다.

마을 어귀에는 커다란 북이 매달린 느티나무가 한 그루 서 있었다. 그 앞으로 바닥이 단단하게 다져진 땅에 새끼줄을 동여매 놓은 나무 기둥이 줄지어 서 있었다.

"무술을 익히는 곳인가 봐요."

당찬 아재가 한 말을 윤슬이 받았다.

"언뜻 봐도 퍽 너른데요."

그때 곽재우 장군이 다가왔다.

"먼 걸음 하셨습니다."

윤슬이 곽재우 장군에게 인사했다.

"강녕하셨습니까? 한밤중에 왔습니다. 주무시지도 못하도록."

"아닙니다. 오랜만에 뵙습니다. 이리 들어오시지요."

따라 들어간 막사 안에는 오밤중인데도 여러 사람이 앉아 있다가 일어나며 반겼다.

"윤슬이라고 합니다."

"당찬이입니다."

"는개입니다."

"저는 겨리예요. 의병은 어떤 분들인지 궁금했어요."

곽재우 장군이 얼굴 가득 웃음을 머금었다.

"뭐 다를 바 있겠니? 뜻이 있고 없고 차이지. 어떻게 보이니?"

"밝고 힘차게 보이는데요!"

윤탁 장군이 나섰다.

"하하, 고맙다. 네 말을 들으니 신나는구나."

나이가 가장 많이 들어 보이는 오운 장군은 부드러운 낯빛으로 인사를 건넸다.

"오운입니다. 먼 길 오셨습니다."

겨리는 억센 줄 알았던 장수들이 부드럽게 반기는 모습을 보면서 놀랐다.

윤슬이 품에서 서찰을 꺼내 곽재우에게 건넸다.

"여기, 어울림 밝달 나리가 보낸 서찰입니다."

곽재우 장군님

어울림 바라지이 밝달입니다. 함께 나라를 살리자고 손 내밀어 주셔서 고맙습니다. 어울림 사람들은 우리 곁을 굳게 지키기로 했습니다. 어울림에는 등짐장수와 놀이패가 있어 세상 물정과 인정을 낱낱이 꿰뚫고 있기에 왜척을 살피기에 알맞습니다. 또 우리 말, 글을 깊이 아는 이가 척지 않아 왜척에 맞서 싸워야 하는 까닭을 쉬운 우리 말과 글로 널리 펼 수 있습니다. 놀이패와 재인들은 맞싸울이를 북돋울 수 있습니다. 약풀을 캐며 다치거나 앓는 사람을 살릴이들도 케법 있어 싸우다 다친 이들을 보살필 수 있습니다. 태평한 조선이 좋다며 돌아선 왜군이 있다고 들었습니다. 어울림 식구들이 왜장과 만날 수 있도록 해 주실 수 있을까요? 우리와 왜군이 무엇이 얼마나 더 낫고 못한지 견주어 살펴 척을 물리치는 데 힘을 보태려고 합니다.

어울림 바라지이 밝달 비손

고개를 끄떡이며 서찰을 찬찬히 다 읽고 나서 곽재우 장군이 말했다.

"큰 뜻을 내셨습니다. 적을 살펴서 알리고, 다친 사람을 구완하는 것까지 놓치기 쉬운 것들을 찬찬히 짚어 주셨습니다. 덧붙여 왜적이 지닌 힘까지 알아내어 짚으려는 뜻, 참 좋습니다. 우리 품에 들어온 왜장과 얘기를 나눌 수 있을지 날이 밝는 대로 알아보고 말씀드리겠습니다."

"뜻을 받아 주시니 기쁩니다. 저는 왜장을 만나고 나서 바로 돌아가겠지만 당찬 아재와 는개, 겨리는 남을 것입니다. 당찬 아재와 는개는 적진을 살필 수 있고, 겨리는 우리말을 잘 알아서 의병 모으는 뜻을 한글로 잘 풀어낼 수 있을 것입니다."

윤슬이 하는 말에 곽재우 장군이 인사했다.

"그렇게 해 주신다면 더할 나위 없지요. 먼 길 오시느라 피곤하실 텐데 쉬십시오."

먼 길을 한달음에 오느라 고단했던 겨리와 윤슬은 막상 자리에 누우니 잠을 이루지 못했다.

뒤척이는 겨리를 보며 윤슬이 물었다.

"잠이 안 와? 잠자리가 바뀌어서 그러는 거야?"

"싸움터가 가깝다고 생각하니 가슴이 뛰면서 생각이 많아지네."

"나도 그런데 너는 오죽하겠어. 날 밝으면 바로 움직여야 할 테

니 네가 기르던 닭을 한 마리 한 마리 떠올리면서 안부하렴. 한동
안 걔들을 보기 힘들 테니까."

"그럴까? 흔들이, 곱단이, 샐샐이, 잠잠이, 목청이…."

언제 곯아떨어졌는지 모르게 잠이 든 거리는 오싹한 느낌이 들
어 잠이 깼다. 옆자리를 보니 윤슬과 느개가 보이지 않았다. 부스스
일어나 밖으로 나가자 윤슬과 느개, 당찬 아재가 느티나무 아래에
서 몸을 풀고 있었다.

아침상을 물리자 곽재우 장군이 인사를 건넸다.

"잘 주무셨습니까? 잠자리가 편치 않으셨을 텐데요."

피로가 풀려 말간 낯빛을 한 윤슬이 받았다.

"아뇨, 아주 달게 잤습니다."

"다행입니다. 왜장이 있는 진주성으로 사람을 보냈습니다. 쉬고
계시면 기별이 오는 대로 말씀드리겠습니다."

거리와 윤슬, 느개와 당찬 아재는 바람을 쐬러 거닐었다. 작약
이 빨갛게 몽우리를 밀어 올리고 있었다. 거리는 엊저녁 어슴푸레
보였던 큰 북이 걸린 느티나무로 다가섰다. 백 해는 훨씬 넘었음 직
한 나무는 늠름했다. 나무에 기대어 북을 바라보니 느티나무와 본
디 한 몸이던 것처럼 썩 잘 어울렸다.

그때 오운 장군이 달려왔다.

"기별이 왔습니다. 바로 만날 수 있다는군요. 같이 가시죠. 말을
탈 수 있으신가요?"

"네, 어울림에선 말을 길러서 웬만한 이들은 말을 좀 다룰 줄 압니다. 겨리는 제가 안고 타겠습니다."

윤슬이 대답했다.

반 시진 남짓 달려서 진주성에 닿았다. 판관 김시민과 왜장 하라다 노부타네가 기다리고 있었다.

내놓은 차를 마시고 나자 하라다 노부타네가 입을 열었다.

"왜군이 어떻게 싸우는지 궁금해한다고 들었습니다. 싸우는 것을 보지 않고 말씀드리기는 쉽지 않습니다만, 놓쳐선 안 될 것들을 간추려 말씀드리겠습니다."

느개는 왜장이 하는 말이 끝나기 무섭게 우리말로 풀어 말했다.

하라다 노부타네는 철포를 들어 올리면서 말을 이었다.

"이것이 싸움 줄기를 크게 돌려놓은 철포입니다. 나는 새도 단박에 맞혀 떨어뜨린다고 해서 조총이라고도 합니다."

범을 잡던 착호갑사 출신으로 화승총도 쓰는 당찬 아재가 말을 받았다.

"저도 총포를 써 봤습니다만, 철포는 조준 사격을 할 수 있어 명중률이 높다고 들었습니다."

"네, 오십 보 앞에 있는 웬만한 철판도 뚫을 만큼 세고, 팔십 보 앞에 있는 것을 또렷이 맞힐 수 있습니다."

"상당하군요. 그래도 활보다는 사정거리가 짧은가 봅니다."

"네, 활과 달리 총알이 직선으로 날아가기 때문에 철포 부대 앞에는 다른 병사들이나 가림막을 세울 수 없어요. 약점이 더 있는데요. 탄약을 넣고 쏘기까지 시간이 꽤 걸립니다. 빨라야 삼 묘(1묘=9초)에 한 발을 쏘고, 익숙하지 않은 이는 다시 탄약을 재는 데만 십이 묘를 넘기기도 합니다. 그래서 세 줄로 나뉘어 첫 줄에 있는 사람들이 총을 쏘고 물러나면 다음 줄에 있는 이들이 나가서 쏘고, 그들이 물러서면 세 번째 줄에 있던 이들이 나서서 쏩니다. 줄을 바꾸는 사이에 틈이 생기는데 철포 부대를 무찌르려면 그 틈을 노려야 합니다."

내남없이 어울려 사는 조선이 좋아 조선 사람이 되려고 돌아섰다는 하라다 노부타네는 싸우는 모습을 하나하나 그려 가면서 이마에 땀이 송골송골 맺힐 만큼 정성껏 일본군 전술을 일러 줬다.

하라다 노부타네에게 일본군이 지닌 힘을 이모저모 듣고 난 윤슬이 진주성을 벗어나면서 곽재우에게 말했다.

"저는 어울림으로 돌아가 오늘 들은 얘기를 알리겠습니다. 그리고 장군님, 어울림에 돌아가서 알려야 할 말씀이 있을까요?"

"저희는 아직 군세가 세지 않으니 먼저 낙동강을 따라 보급을 싣고 올라가는 왜선들을 치려고 합니다. 그러니 어울림 사람들 가운데 활이나 화승총을 잘 다루는 이들이 있으면 보내 주시면 좋겠습니다."

"알겠습니다. 돌아가서 말씀드리고 힘껏 돕겠습니다."

곽재우 장군이 말했다.

"말을 내어 드릴 테니 타고 가시지요."

"아니에요. 왜적과 싸우는 데 큰 힘이 될 말을 제가 타고 갈 수는 없어요."

곽재우 장군이 몇 차례 더 권했으나 윤슬은 한사코 손사래 치면서 떠났다.

의령으로 돌아온 곽재우 장군은 부장들을 불러 모았다.

곽재우 장군이 먼저 운을 뗐다.

"왜적에 맞서 싸울 사람들을 모으려면 어떻게 해야 할지 뜻을 모아 봅시다."

오운 장군이 먼저 나섰다.

"우리가 나서야 하는 까닭을 제대로 짚어 마음을 흔들어야 한다고 생각합니다."

"사람 마음을 흔들려면 한나라 글로 쓰인 것과 한글로 된 것을 나란히 붙이거나 아예 한글로만 써서 붙여도 좋지 않을까요?"

겨리가 말하자 오운 장군이 맞장구를 쳤다.

"옳거니. 저자처럼 온갖 사람들이 모이는 곳에는 왜군 첩자들이 적잖이 돌아다닐 테니 저희를 몰아내려고 힘을 모은다는 것을 알 수 있도록 두 가지를 다 붙이고, 마을에는 한글로 쓴 격문을 붙여도 좋겠구나. 겨리, 네가 글을 잘 쓴다고 하니 사람 마음을 흔들 수 있는 글을 좀 써 보련?"

"장군께서 얼개를 알려 주시면 백성이 쓰는 말투로 다듬어 보겠습니다."

이번에는 곽재우 장군이 말을 받았다.

"하하, 밝달 선생이 보낸 서찰에 뜻이 다 담겨 있더구나. 그 바탕에서 너희가 머리를 맞대고 써 다오."

겨리와 는개는 아이가 하는 말이라고 못 들은 체하지 않고 받아들이며 북돋우는 장군들을 보면서 조선이 다시 살아날 수 있겠다고 생각했다.

당찬 아재가 말했다.

"참, 겨리가 의병 모으는 노래를 만들었습니다. 아이들에게 퍼뜨리면 어른들도 자연히 알게 될 것입니다. 한번 들어 보시겠습니까?"

겨리와 는개는 눈짓을 주고받으며 노래했다.

노래를 다 듣고 난 장수들이 모두 일어나 손뼉을 쳤다.

"오! 좋다."

"어떻게 이런 노래를 만들 생각을 다 했누? 우리 마을 아이들부터 익히도록 해야겠다."

"놀이를 하면서 부르면 금세 퍼뜨릴 수 있고, 잘 까먹지도 않을 거예요. 제가 알려 줄게요."

서글서글하니 사람 좋게 생긴 윤탁 장군이 일어서면서 말했다.

"겨리가 나서 준다면야 더할 나위가 없지. 나와 함께 동네 아이들을 만나러 갈까?"

겨리는 새끼줄과 제기 따위를 챙겨서 따라나섰다.

눈앞이 탁 트인
느낌이야

　이튿날, 겨리와 는개는 버들고리 파는 사람으로, 당찬 아재는 등짐장수로 꾸미고 적진을 살피러 나섰다. 일본군과 맞닥뜨리지 않으려고 산길로 접어들었다. 봉림산을 감돌아 잰걸음으로 전단산을 넘어가는데 땅! 하는 소리가 들렸다. 부리나케 소리 나는 쪽으로 달려가니 수리봉 아래 골짜기에서 웬 사람들이 일본군에게 쫓기고 있었다.

　는개는 허리춤에서 수리검을 뽑아 들고, 당찬 아재는 등짐을 풀어 활을 꺼내 들고 바싹 다가섰다. 쫓기는 사람은 셋인데 모두 아낙이었다. 는개가 날린 수리검과 당찬 아재가 쏜 화살이 한꺼번에 바람을 갈랐다. "어억!" "헉!" 하며 일본군이 나자빠졌다. 가까이 가니 술 냄새가 코를 찔렀다. 벌건 대낮에 술을 마시고 패악질이라니 눈에 뵈는 것이 없는 모양이었다. 느개와 당찬 아재는 일본군을 나무 밑동에 묶어 놓고 떨어뜨린 철포와 칼을 주워 돌아섰다.

겨리는 겁에 질려 떨고 있는 아낙들에게 마음을 가라앉히라며 물을 건넸다. 아낙 한 사람이 숨을 고른 뒤 말했다.

"우리는 산 아랫마을에 살아요. 며칠 전 왜군 다섯이 느닷없이 마을에 나타나 갖은 몹쓸 짓을 하며 괴롭히길래 도망 왔는데 허기를 채우려고 나물 뜯으러 나왔다가 왜군 눈에 띈 거예요."

겨리 일행이 아낙들을 따라 수리봉 아래로 가니, 숲이 우거진 벼랑 아래로 어귀는 좁으나 들어가면 제법 너른 동굴이 있었다. 굴 안에는 어른과 아이들이 웅크리고 있었다. 여러 날을 끼니도 제대로 챙겨 먹지 못하고 고생한 탓인지 몰골이 말이 아니었다.

"마을에도 열서너 사람이 있어요."

"총소리가 났으니 왜군이 올라오겠네요. 몇 분이 우리랑 같이 가 봅시다."

느개와 당찬 아재가 젊은이 몇 사람과 골짜기로 내려갔다. 벼랑으로 오는 길목에 멧돼지 잡는 올무를 몇 군데 숨겨 놓고, 잰 손길로 대나무를 뾰족하게 깎아 목책을 만들어 눕혔다. 길 양쪽에 있는 나무 사이에 칡넝쿨을 엮어 만든 줄을 묶고 그 줄을 건드리면 날카로운 목책이 벌떡 일어서도록 해 놓았다.

얼마 되지 않아 일본군 셋이 나타났다. 조심하는 기색이라곤 없었다. 설핏 당찬 아재 모습이 눈에 띄자 철포를 쏘면서 달려 올라왔다. 한 놈이 "어억!" 외마디를 지르며 고꾸라졌다. 올무가 발목을 파고들었을 테다. 조금 있다가 또 한 놈이 칡넝쿨 줄을 걸어차고는 "헉!" 소리를 내면서 솟구치는 죽책에 엎어졌다. 나머지 한 놈이 휙 돌아서서 산 아래로 튀었다. 느개가 날린 수리검이 바람을 가르고 날아 등짝에 꽂혔다. 당찬 아재는 죽은 놈은 밀쳐놓고 둘을 나무 둥치에다 묶고 나서 목숨자리를 쳐 기절시켰다.

겨리는 등짐에서 보리쌀을 덜어 아낙들에게 건넸다.

"어서 마을 사람들에게 알리세요. 그리고 의병이 되려는 이는 의령으로 가고, 나머지 사람은 지리산에 있는 어울림으로 가면 됩니다."

느개와 당찬 아재는 일본군에게 빼앗은 칼과 철포를 잘 싸서 벼랑 아래 서 있는 소나무 밑에 묻었다.

창원성에 들어서니 성한 집이라고는 없었다. 대부분 불에 타거나 그렇지 않더라도 문짝이며 마루며 모두 뜯겨 나갔다. 미처 파묻지 못한 주검들이 나뒹그러져 있었으며, 임자 잃은 개들이 떼 지어 몰려다녔다. 예닐곱 살이나 되었을까 싶은 아이 하나가 초점 잃은 눈빛으로 문짝이 떨어져 나가 휑뎅그렁한 기와집 문지방에 옹송그리고 앉아 있었다. 겨리가 바랑에서 주먹밥을 꺼내 건네니 허겁지겁 먹었다.

느개가 등을 쓸어 주며 물통을 건넸다.

"천천히 먹어, 목 메겠다. 여기 물. 마셔 가면서 먹어."

벌컥벌컥 물을 들이켜던 아이가 벌떡 일어났다.

거리가 아이를 따라 일어나며 물었다.

"갑자기 왜 그래?"

"어… 엄마, 엄마한테 가려고요. 엄마가 쓰러져 있어요."

느개가 바랑에서 주먹밥을 꺼내 건넸다.

"엄마 생각이 나는구나. 엄마 드릴 건 하나 더 줄 테니 천천히 마저 먹어."

아이를 두고 돌아서려니 차마 발걸음을 떼기 어려웠던 거리가 느개 저고리 자락을 잡아끌었다.

"아무래도… 따라가 봐야 할 것 같아."

고개 위로 오 리쯤 가다가 다시 골짜기를 따라 내려가니 커다란 가마터가 나왔다. 아이가, 깨진 그릇이 여기저기 흩어져 있는 가마를 지나 오두막으로 들어서며 소리쳤다.

"엄마!"

방으로 들어서니 입성이 다 흐트러진 여성이, 머리가 피범벅이 되어 널브러져 있었다. 빳빳하게 피로 뭉친 머리카락이 얼굴을 뒤덮어 팥죽에 담가 놓은 듯했다.

"여보세요, 정신 차리세요."

거리가 떨리는 손으로 한참을 흔드니 게슴츠레하니 눈을 떴다. 느개가 재빨리 미음을 끓여다 입에 흘려 넣어 주니 다행히 받아먹었다.

"이봐요. 정신이 들어요? 몸을 가눌 수 있겠어요?"

아이 엄마가 가까스로 대답했다.

"뉘신지… 고맙… 습니다. 갑자기 왜군이 몰려와 구운 그릇들을 모조리 쓸어 가고 사기장인 지아비까지 끌고 갔어요. 몹쓸 짓 하려고 덤벼드는 왜군과 몸싸움하다 벽에 부닥쳐 정신을 잃었습니다. 저는 덕이, 아이 이름은 다솜이예요. 이제 일곱 살이지요."

상처를 살피던 당찬 아재가 엉겅퀴와 씀바귀를 뜯어다 찧어 는 개에게 건넸다.

"이거 바르면 좀 나을 거야. 더 보살피면 좋겠지만 이제 떠나야 해."

겨리가 봇짐에 조금 남은 보리쌀을 닥닥 긁어 주었다.

"몸이 웬만해지면 지리산 산내에 있는 어울림을 찾아가세요."

뜻하지 않은 일들을 겪다 보니 시간을 깎아 먹어, 더욱 부지런히 걸어서 해 질 무렵 웃개 나루에 닿았다. 나루터답게 활기차서 적진에 들어와 있다는 것을 느끼기 어려웠다.

겨리는 주막에 가까워지자 후끈하게 밀려드는 국밥 냄새에 시장기가 확 몰려왔다.

"우리, 밥부터 먹어요."

"그래, 오줌 눌 새도 없이 달려왔더니 몹시 시장하구나."

당찬 아재가 겨리 말을 받으며 소리쳤다.

"아주머니! 여기 국밥 세 그릇하고 막걸리 한 사발 주세요."

옆자리에 맨상투 바람인 사내 셋이 주고받는 말소리가 들렸다.

"왜선을 타면 벌이가 짭짤하다며?"

"품삯 준대?"

"그렇다데."

"아무리 그래도 왜놈들이 하는 일에 힘을 보태다니 찜찜한데…"

"그래도 어쩌겠나. 마누라가 몸을 푼 지 얼마 되지 않아서 나는 피난도 못 가."

"워낙 까다롭게 살핀다는데 우리 같은 놈이 될 턱이 있겠어? 왜말도 모르고."

"무지렁이 가운데 왜말 아는 사람이 어딨어."

왜선이라는 소리에 귀가 번쩍 뜨인 세 사람은 일본 배가 언제 어디에서 떠서 어디로 가는지 부지런히 알아보기로 뜻을 모았다.

겨리 일행은 날 밝기 무섭게 나루로 나가 월포 가는 배에 올랐다. 월포는 웃개와 견줄 수 없이 번화했다. 일찌감치 일본군이 휘어잡은 곳답게 풍물이 낯설었다.

당찬 아재가 겨리와 느개에게 말했다.

"따로 떨어져 살피고 저녁나절 나루터 주막에서 만나자."

겨리와 느개는 장바닥에 고리와 골무 따위를 펼쳐 놓고 앉았다. 알록달록 물들인 버드나무로 엮은 반짇고리나 노리개 고리들이었다. 고운 빛깔 실로 수를 놓은 골무와 색실로 탄탄하게 엮은 공깃돌도 눈길을 끌었다.

"이 난리에 사려는 사람이 있을까?"

겨리 말에 느개가 웃었다.

"어수선할수록 더 꾸미려고들 한다고. 한번 보렴."

채 이각(30분)이 되지 않아 반짇고리가 두 개나 팔렸다.

"언니 말대로네. 신기하다."

겨리가 놀라워하자 느개가 씽긋 웃었다.

그때 열 살쯤 되어 보이는 사내아이가 골목에서 튀어나오더니 반짇고리와 공깃돌 뭉치를 움켜쥐고 내달렸다. 눈 깜짝할 새 일어난 일이라 어쩔 줄 몰라 하다가 겨리가 아이가 달려간 쪽으로 쫓아갔으나 보이지 않았다. 두리번거리는데 저만치 떨어진 다리를 건너던 사내아이가 여덟 살 되었을 법한 계집아이를 밀치며 치달았다. 영문 모르고 떠밀린 계집아이가 다리 아래로 떨어졌다. 달려가 보니 계집아이가 물에 빠져 허우적거리는데 둘러선 이들은 발만 동동 구르고 있었다. 이것저것 가릴 겨를 없이 물에 뛰어든 겨리는 아이를 끌어안고 나와 개울가에 눕혔다. 아이는 널브러진 채 꼼짝도 하지 않았다. 덜컥 겁이 났다.

'내가 사내아이를 쫓지 않았더라면 이런 일은 없었을 텐데….'

마음 졸이며 목덜미에 손가락을 가져다 대니 맥이 잡혔다.

'다행이다.'

가슴을 여러 차례 누르며 흔드니 아이가 물을 토해 내며 숨을 쉬었다.

"이름이 뭐니?"

"담이…, 담이예요."

담이를 업고 돌아온 겨리가 느개에게 까닭을 얘기했다.

느개는 주섬주섬 공깃돌과 골무 따위를 귀주머니에 넣어 담이에게 쥐어 주었다.

"너희 집으로 가자."

나루에서 그리 멀지 않은 곳, 다 쓰러져 가는 오두막에 들어서니 할아버지가 쿨럭쿨럭 밭은기침을 하면서 반겼다.

"우리 담이 어딜 갔었누? 한참 찾았구먼."

"물에 빠졌는데 이 언니가 건져 줬어."

"아이고, 이거 고마워서 어쩌나."

겨리가 손사래를 쳤다.

"우리 물건을 훔쳐 달아나던 아이와 부딪쳐서 빠졌으니 쫓던 제 잘못이 커요. 옷부터 갈아입히고 방에 눕혀야겠어요."

예순이 가까워 보이는 할아버지가 아이 옷을 내주며 집안 내력을 말해 주었다.

"몇 해 전 돌림앓이로 아들과 며느리를 잃고 혼자서 담이를 돌보고 있어. 뱃사공으로 마흔 해 남짓 낙동강을 오르내렸는데 저거 혼자 두고 다니려니 늘 걱정이지."

겨리는 뱃사공이란 말을 듣자, 어제 주막에서 밥 먹을 때 옆자리에 있던 어른들이 하던 얘기가 떠올랐다.

"할아버지, 왜군이 뱃일하는 사람을 찾는다던데 혹시 아세요?"

"배 무리를 이끌고 상류로 간다면서 나보고 뱃길을 봐 달라고 했어."

는개가 덧붙였다.

"그러면 사람 하나 같이 데려가 주실 수 있을까요? 제 아재인데 힘이 아주 좋거든요. 일거리를 찾아 나섰는데 쉽지 않아서요."

"사람이 더 있어야 하지 않겠느냐고 물어보마."

둘은 담이에게 몸조리 잘하라고 이르고 할아버지에게 이튿날 저녁 무렵에 들르겠다고 하고 나왔다.

땅거미 질 무렵 겨리와 는개는 별 소득 없이 돌아온 당찬 아재와 주막 뒷방에 마주 앉았다. 날이 캄캄해지자 세 사람은 살짝 나가 의병을 모은다는 방을 곳곳에 붙였다. 방 끝머리에 그려 넣은, 절조와 굳은 의지를 나타내는 붉은 동백꽃은 굳게 나라를 지키겠다는 뜻을 깊이 새기기에 딱 맞았다.

의병을 모읍니다!

왜척들이 물밀듯이 한양으로 쳐들어가고 있습니다. 백 해 동안 전쟁을 일삼아 온 왜척들은 케 나라 사람도 함부로 죽이기를 서슴지 않았습니다. 우리나라에 쳐들어온 커들은 남녀노소를 가리지 않고 커참하게 죽이고, 산 사람 코도 베어 가기를 서슴지 않고 있습니다. 이 원수들을 어찌 그냥 둘 수 있겠습니까? 내남직없이 나서서 온 힘을 기울여 야차 같은 왜척들을 남김없이 밀어내야 합니다. 싸울 사람뿐 아니라 다친 사람을 살리거나 땔감을 하고 밥을 짓는 이도 다 의로운 맞싸울이들입니다. 뜻이 있는 분은 의령에 있는 홍의 부대로 달려오십시오.

홍의장군 곽재우

다음 날, 방이 붙은 곳마다 사람들이 모여 웅성거렸다.

"썩 잘했구먼. 한글로 써서 붙이니 눈앞이 탁 트인 느낌이야. 이리 좋은데 어째서 그동안 알아보기 힘든 한나라 글로만 된 방을 붙였나 몰러."

"왜 몰러? 우리덜이 까막눈이라는 걸 대놓고 알리려던 게지."

"그런 맘보라면 방을 왜 붙인대?"

"의병으로 나서야 할까 봐."

"그런 소리 말아. 왜놈들이 흉측하다고 해도 못된 양반 놈들 같기야 하겠어?"

"아냐, 내 보기에는 맞는 말이네. 왜놈들이 하는 말은 틀림없이 사탕발림일 거야. 제 나라 사람 목숨도 파리 목숨보다 가볍게 여긴다는데 조선 사람이 안중에나 있겠어."

"옆집 사는 돌이 할아버지도 코가 없어. 난리 통에 무너지는 담에 깔려 기절했는데 깨어나 보니 코가 없어졌대. 모진 놈들, 코는 왜 베어 가고 난리야!"

뉘엿뉘엿 해가 넘어갈 무렵 당찬 아재와 느개는 거리를 앞세우고 담이네를 찾았다. 문 앞에 서성이던 담이가 달려와 거리 품에 안겼다.

할아버지도 세 사람을 반겼다.

"애기가 잘되었어. 너희 아저씨와 함께 탈 수 있게 되었다."

조금 떨어져서 엉거주춤하니 서 있던 당찬 아재가 앞으로 나서며 넙죽 절했다.

"아! 고맙습니다. 당찬이라고 합니다."

얼굴이 붉어진 담이 할아버지가 당찬 아재를 일으켰다.

"왜 이러시나! 어서 일어나시게."

할아버지는 당찬 아재에게 일정을 알려 주었다.

"배는 새달 초나흗날 떠나지만 모레까지 왜놈들에게 선을 보여야 하고, 떠나기 하루 전날에는 물건 실어야 하고, 떠나는 날에는 인정시(새벽 4시 반)까지 모여야 하네."

느개가 넌지시 물었다.

"배는 모두 몇 척이나 떠요?"

"열두어 척이라던가? 열 척은 넘을 게야."

느개가 담이를 보며 물었다.

"담이는 어떻게 하지요?"

할아버지가 손사래를 쳤다.

"걱정 말아. 배 타러 갈 때마다 늘 담이를 보살펴 준 주막에 맡기면 돼."

주막으로 돌아온 세 사람은 머리를 맞대고 앞으로 할 일을 나눴다.

당찬 아재가 배에 탄 다음 어떻게 할지 일렀다.

"의병들이 배에 탄 조선 사람들을 알아보기 쉽도록 곽재우 장군 부대 표식인 붉은 띠를 머리에 매도록 할 테니 홍의 부대에 그리 알려라."

겨리와 는개는 함께 고개를 끄덕이고는 당찬 아재에게 단단히
말했다.

"어떤 일이 있더라도 담이 할아버지 곁을 떠나지 마세요."

그러고는 의령으로 떠났다.

거름강 나루 싸움

겨리와 느개는 의령으로 돌아가는 길에 전단산 아랫마을에 들렀다. 마을이 텅 비어 있었다. 집집이 살펴보니 제법 큰 집 안방에서 철포 탄이 무려 이백여 개나 나왔다. 수리봉 아래 묻어 둔 철포와 칼도 파내다가 탄환과 같이 마루 밑에 숨겼다. 이번 싸움에서 알뜰하게 쓰일 테니 의병들에게 가져다 달라고 할 생각이었다.

의령에 돌아오니 어울림에서 막손이와 달음이, 막손이 아버지 옹이와 대장장이 망치 아재 그리고 화승총을 잘 다루는 정 포수와 땅 포수도 와 있었다. 여성과 아이도 몇 번만 당겨 보면 바로 쏠 수 있는 활인 쇠뇌, 그리고 배에 구멍을 내거나 끌어당길 수 있는 작살포와 돌을 쏘아 대는 투석기를 커다란 수레 여러 대에 나눠 싣고 왔다. 작살포와 투석기는 강 너비를 제대로 알아야 하기 때문에 의령에 와서 마무리했다고 했다. 강 너비는 막손이가 망해 도법으로 잿단다.

"막손아! 열네 살짜리가 어려운 산술을 어찌 그리 잘 풀어?"

겨리가 묻는 말에 막손이가 뒤통수를 긁었다.

"내가 어려서도 셈하는 걸 좋아했잖아. 눈여겨보던 밝달 샘이 여섯 살 때부터 알려 주셨어."

겨리가 걱정스러운 낯빛으로 달음이에게 물었다.

"그런데 달음아! 팔매는 어째서 오지 않았어? 어디 아픈 건 아니지?"

"응, 팔매도 같이 오고 싶어 했어. 그런데 너희 아버지가 지리산 가까이 있는 마을에 다니면서 의병 모으는 일도 여기 와서 힘 보태는 일 못지않게 큰일이라며 붙잡으셨어. 팔매가 눈물을 머금고 남겠다고 했지."

겉으로 드러내지는 않았으나 아이들이 나댄다며 마뜩잖아하던 심대승 장군도 모처럼 함빡 웃었다.

캄캄해져 돌아온 막사에는 반가운 얼굴들이 더 있었다. 다솜이와 다솜이 엄마 덕이, 그리고 전단산에서 일본군들에게 쫓기던 이들이 눈에 띄었다.

는개가 다솜이를 덥석 끌어안으며 덕이에게 물었다.

"괜찮으세요? 어울림으로 간 줄 알았는데."

"손이 달리는 것 같아서 남았어요. 죽었는지 살았는지 모를 다솜이 아비 원수도 갚을 겸."

오월 초나흗날 이른 아침. 거름강 가 갈대숲에서 노고지리 소리가 끊겼다. 끝을 날카롭게 깎아 엇갈려 엮은 나무 말뚝을 강바닥에 박는 이들부터 투석기와 작살을 매겨 쏠 큰 작살포를 세우는 사람까지 이마에 구슬땀을 흘리며 힘껏 움직였다. 활을 든 사람과 쇠뇌를 든 사람, 그리고 창원에서 얻은 철포를 든 정 포수와 땅 포수가 강기슭에 엎드렸다.

담이 할아버지 말대로 배가 열두 척이라면 한 척에 스물두어 사람만 탔다고 해도 이백 사람이 훌쩍 넘는다. 그런데 의병은 가까스로 서른 사람을 넘겼다. 여성과 아이들까지 나서 봐야 쉰 사람이다. 뜻대로 풀리면 가까스로 이길 수 있으려나? 거듭 이겨 느긋해진 일본군을 짧은 시간 안에 몰아붙여 추스르기 전에 무너뜨려야 했다.

곽재우 장군이 앞으로 나섰다.

"드디어 첫 싸움이다. 왜적들이 뭍에 오르기 전에 물고기 밥을 만들어야 한다. 우리는 숨어 있고 저놈들은 드러나 있다. 내 신호에 따라 움직이기만 하면 무너뜨릴 수 있다. 마련한 포탄이 많지 않으니 잘 맞혀야 한다. 강가에서는 나를 비롯하여 붉은 갑옷을 입은 말 탄 장수 몇 사람이 뭍에 오르려는 왜적을 부지런히 베겠다. 머리에 두른 붉은 띠가 우리 표식이다. 왜선에 탔어도 붉은 머리띠를 한 사람은 조선 사람이다. 왜적을 무찌르자!"

일본 배들은 생각보다 늦은 사정시(오전 10시)가 다 되어서야 나타났다. 모두 열한 척이었다. 생각보다 빨랐다. 나루 가까이 누가 숨었을지도 모른다고 생각해서 속도를 올린 듯했다. 뱃길을 일러 주는 담이 할아버지는 보나 마나 맨 앞에 있는 배에 탔을 테다. 앞장서서 달려오던 배 두 척이 나무 말뚝에 바닥이 닿았는지 흔들리면서 옆으로 돌고, 뒤이어 오던 배가 부딪혔다.

"싸움은 굳센 기운으로 하지, 숫자로 하지 않는다. 왜놈들을 깡그리 밟아 주자! 쳐라!"

붉은 깃발이 오르자 강기슭에 세워 놓은 투석기 여섯 대가 불붙은 돌을 쏟아 냈다.

"아악! 적이다!"

"불덩이며 화살이 대체 어디서 날아오는 거야?"

여기서 쿵! 저기서 펑! 뜻하지 않게 쏟아지는 불덩어리에 넋 빠진 일본군이 허둥댔다.

"이 무슨 일빠진 짓들이냐? 정신 차려!"

장수들이 애가 타서 볶아 댔지만, 거듭 쏟아지는 불덩어리에 일본군들은 혼쭐이 났다. 푸른 깃발이 오르자 어수선한 틈바구니를 화살이 비집고 날아들어 일본군 숨통을 끊었다.

가장 앞선 배 아래 칸에 타고 있던 당찬 아재는 바깥이 시끄러워지자 품에서 작은 칼을 꺼내어 옆에 있던 일본군을 찌르고 활을 빼앗고는 불을 질렀다. 갑판으로 올라온 당찬 아재는 화살에 쪽지를 묶어 북소리가 나는 쪽으로 날리고는 담이 할아버지를 찾았다. 뱃길을 살피던 담이 할아버지는 배가 온통 아수라장이 되자 안절

부절못하고 있었다.

"어르신! 놀라지 마세요. 의병입니다. 배가 곧 가라앉을 테니 어서 바다로 뛰어드세요."

담이 할아버지가 물로 뛰어드는 것을 본 당찬 아재는 바로 돌아서서 허둥대는 일본군 옆구리를 베었다. 그때 검은 깃발이 오르면서 커다란 작살포 네 대에서 쏜 작살이 배 옆구리에 가서 박혔다. 작살에 달린 동아줄을 소 두 마리가 끌어당겼다. 소를 모는 사람들은 아이들과 여성들이었다. 그 가운데 달음이도 있었다. 눈 깜짝할 새 배가 기울면서 여기저기서 외마디 비명이 터졌다. 밑창에 구멍이 뚫려 가라앉는 배도 있었다. 강가로 끌려가는 배와 가라앉고 있는 배에 탄 일본군들은 우왕좌왕하며 강으로 뛰어들기 바빴다. 거리와 막손이는 싸움을 북돋우는 북을 쉴 새 없이 치면서 목청 높여 '조선은 우리 땅'을 불렀다.

그때 옆에 서 있던 버드나무에 화살 하나가 날아와서 박혀 푸르르 떨었다. 서찰이 묶여 있었다.

"당찬 아재가 보냈어. 뱀이 그려진 노란 깃발 달린 배 다섯 척이 철포와 총알, 곡식을 실은 병참선이래."

서찰을 본 곽재우 장군이 명령했다.

"이제부터는 불덩이를 쏘지 말고 돌만 쏴라."

물으로 헤엄쳐 나오려고 몸부림치는 일본군 머리 위로 화살이 우박처럼 쏟아지고 사이사이로 철포 탄이 날아들었다. 재빨리 뭍으로 헤엄쳐 나온 일본군들은 숨 돌릴 겨를도 없이 붉은 갑옷을 입은 장수들이 휘두르는 칼에 가을바람에 떨어지는 나뭇잎처럼 쓰러졌다.

"물러서라!"

"물러나라!"

가까스로 뱃머리를 돌린 배 세 척이 쏜살같이 도망갔다. 일본군은 반나절이 채 되지 않아 배를 여덟 척이나 잃고 물러갔다. 죽은 일본군이 백 사람도 넘었다. 의병은 죽은 이가 없었으며, 예닐곱 사람만 다쳤다. 철포 쉰 정, 철포 탄 천여 발, 칼과 창 이백여 개, 쌀과 보리 쉰 가마니를 얻었으니 잘 싸웠다.

그러나 거리는 피비린내 나는 주검들을 바라보기 힘들었다.

'저 사람들도 아버지이며 자식일 텐데 어째서 낯선 땅에서 죽어 가야만 했을까?'

거리는 진저리가 쳐져 땅바닥에 주저앉아 목 놓아 울었다. 막손이와 달음이도 멀찍이서 뒤엉켜 쓰러져 있는 사람들을 멍하니 바라보았다. 싸움터는 상상했던 것보다 끔찍했다.

느개가 주저앉아 우는 거리를 보고는 눈을 동그랗게 뜨고 달려왔다.

"애, 거리야 왜 그래?"

"흐허허헝, 으앙! 아파서 그래."

"왜? 어디가 아파?"

"가슴이 너무 아파. 어째서 이토록 많은 이들이 죽어 나가야 하느냐 말이야. 엉엉."

겨리는 느개 품을 파고들며 몸서리쳤다.

느개가 토닥토닥 겨리 등을 두드렸다.

"모질기 그지없다는 귀신 야차도 히데요시보다 나을 거야. 잃으면 돌이킬 수 없는 게 목숨인데 어찌 사람 목숨을 내놓고 싸움을 벌이는지. 하루빨리 왜적을 이 땅에서 몰아내는 수밖에 없어."

겨리가 흐느끼면서 물었다.

"다른 길은 없어?"

"다른 수가 있다면 얼마나 좋겠니. 쉽사리 물러설 것이라면 쳐들어오지도 않았을 거야."

"저 많은 일본 사람 가운데에도 착한 사람이 있을 거 아냐. 그런 사람들까지 죽어야 하다니 말이 되어?"

그때 무슨 소리가 들렸다.

"언니, 저 소리 들려?"

"글쎄, 앓는 소리 같은데?"

두 사람은 갈대숲을 헤치며 소리 나는 쪽으로 달려갔다. 앳된 일본 병사가 널브러져 가까스로 들릴 만큼 앓는 소리를 내고 있었다. 오른 가슴팍에 화살이 꽂히고 피가 엉겨 있었다. 갑옷을 벗기니 여성이었다. 느개는 급한 대로 화살을 빼내고 차고 있던 독한 술로 상처를 꼼꼼히 씻어 내고는 피가 멎고 염증이 가라앉도록 고마리와 엉겅퀴를 뜯어다 으깨 붙이고, 가까운 물레방앗간으로 데리고 갔다. 겨리는 고래 심줄을 가져다 벌어진 상처를 오므려 꿰매고 조선 옷으로 갈아입혔다. 피난민으로 보이도록 하려는 뜻이었다.

조선에 온
일본 공주 가야

오월 초닷새 수릿날. 거름강 싸움에서 일본군을 크게 무찌른 의병들은 모처럼 수리취떡도 해 나누고, 여성들이 그네를 타고 하늘을 날며 조촐하게나마 즐겼다.

겨리와 는개, 막손이와 달음이는 다친 사람을 구완하고, 굳게 뭉친 의병이 일본군을 물리쳤다는 소식을 알리기에 바빴다.

기뻐해 주십시오. 여러분! 우리가 어케 거름강 나루에서 보급선 열한 척과 이백이 넘는 왜적을 물리쳤습니다. 원수들이 이 땅을 짓밟고 나서 처음으로 이긴 싸움입니다. 우리보다 일곱 곱절이나 많은 왜군을 무찔렀으니 더 뜻깊습니다. 따로 떨어져 있으면 맥없이 꺾이는 싸릿가지도, 뭉치면 부러뜨릴 수 없듯이 우리가 힘을 모으면 커 원수들을 이 땅에서

몰아낼 수 있습니다. 의령 홍의 부대로 오세요. 어버이와 아이, 언니와 아우, 동무 들을 지킵시다!

임진년 오월 수릿날

홍의장군 곽재우

글 끄트머리에는 붉은 동백꽃 가지를 하나 그려 넣고, 다른 종이엔 '조선은 우리 땅' 노랫말을 적었다. 달음이와 덕이가 방을 붙이고 다녔다. 거리와 느개는 번갈아 가며 정신 잃은 일본군 곁을 지켜야 했다.

다음 날, 이른 아침을 먹고 난 거리가 느개와 교대하려고 물레 방앗간으로 갔다.

"밤새 괜찮았어?"

"응, 별일 없었어."

"밥을 챙겨 왔으니 한술 뜨고 좀 쉬어."

그때 "끄응." 소리를 내며 일본군이 눈을 떴다.

"여기… 가 어디… 예요?"

혼자 있을 때 눈 뜨면 어쩌나 하고 은근히 걱정하던 거리는 한숨을 내쉬었다.

"정신이 들어요?"

느개가 일본 말로 물으니 일본군이 화들짝 놀랐다. 조선 여성이 일본 말을 하니 놀란 모양이었다.

"놀라지 말아요. 화살에 맞고 쓰러졌어요."

"얼마나 누워 있었던 거죠?"

"얼추 하루 반나절이요. 여성이 어떻게 바다 건너 싸움터까지 왔어요? 아, 내 정신 좀 봐. 미음 좀 쑤어 올게요."

"미음 여기 있어. 혹시나 해서 쑤어 왔지. 식지 않았나 모르겠다."

"어이구! 생각 깊은 우리 겨리. 고마워."

미음을 먹고 난 일본군이 더듬거리는 우리말로 인사를 했다.

"고맙… 습니다."

느개가 깜짝 놀라 물었다.

"우리말 할 줄 알아요?"

"네, 엄마가 알려 줬어요. 엄마도 어머니한테 조선말을 배웠다고 했어요. 전 사이가 가야라고 해요. 열다섯 살이고요."

"근데 어떻게 조선까지 오게 됐어요?"

"도망 왔어요."

밀고 밀리는 긴 싸움에서 지고 스스로 목숨을 끊은 성주를 아버지로 둔 가야는 어머니도 잃고 철포를 귀신같이 잘 다루는 스즈키 마고이치로와 의남매를 맺어 도탑게 지냈다. 그런데 마고이치로가 가토 기요마사 철포 부대장이 되어 조선으로 가려고 나고야 포구로 떠난 지 며칠 지나지 않아 야쿠인 덴소라는 중이 찾아왔다.

"너는 새로 짓는 다이코 전하(도요토미 히데요시) 저택에 들어가 살아야 한다."

가야는 잘라 말했다.

"저는 그럴 뜻이 없습니다."

그래도 야쿠인 덴소는 뻔질나게 찾아왔다.

"다이코 전하 분부를 물리치는 것이냐?"

궁리 끝에 가야는 저를 아껴 주는 다케노 쇼지를 찾아가 하소연했다.

"할아버지, 저는 다이코 전하 집에 들어가 살 뜻이 없어요. 죽어도 그러기 싫은데 어쩌죠?"

딸을 홍역으로 잃은 다케노 쇼지는 가야를 딸처럼 여겼다. 그런 가야를 히데요시가 데려가려고 한다니 가슴이 미어졌으나 아무렇지 않은 척하며 말했다.

"우리 집에 와 있으려무나. 덴소가 찾아오면 내 점잖게 타일러 돌려보내마."

말은 그리했으나 일본 땅 어디에서도 히데요시 눈길에서 벗어날 수 없었다. 위험을 무릅써야 하는 싸움터라 해도 마고이치로 곁으로 가는 것이 가장 낫겠다고 생각한 다케노 쇼지는 하인에게 조선으로 갈 배가 뜨는 날을 알아보라고 했다.

이튿날, 어떻게 알았는지 야쿠인 덴소가 찾아왔다.

"더는 기다릴 수 없다. 이제 가야를 데리고 가야겠다."

가야는 고개를 홰홰 저었다.

"저는 철포 대장 마고이치로와 곧 혼인할 사이입니다."

야쿠인 덴소는 막무가내로 사흘 뒤에 오겠다며 돌아갔다.

때마침 하인이 돌아와 조선으로 가는 배들이 이틀 뒤에 뜬다고 했다. 다케노 쇼지는 마고이치로를 따랐으나 몸을 다치는 바람에 따라나서지 못한 가마쿠라 다이이치를 불러 앉히고는 단단히 일렀다.

"다이이치! 아씨를 모시고 조선으로 가서 마고이치로 대장을 만나게 해 드려라. 꼭 그래야 한다."

가야에게도 애틋하게 거듭 일렀다.

"가야야, 서찰을 써 줄 테니 갑옷을 입고 조선으로 마고이치로를 찾아가거라. 그래야만 너도 살고 마고이치로도 살아."

"그럴 순 없어요. 저를 감췄다고 할아버지를 해코지하려 들 거예요."

"나는 살 만큼 살았으니 괜찮아. 앞날이 구만리 같은 네가 말라 죽도록 두고 볼 수는 없어."

떠밀리다시피 병참선을 타고 부산포에 닿은 가야. 가토 기요마사 선봉인 마고이치로가 아우르는 철포 부대가 한양 턱밑까지 쳐들어갔다는 소리를 듣고는 서둘러 보급선을 탔다가 다친 것이다.

거리가 옛날 백제와 신라 틈바구니에 있던 가야를 떠올리며 말했다.

"가야라면 우리 땅에 있던 나라예요. 가야 사람들도 일찍부터 쇠를 잘 다뤘대요. 그런데 그쪽이 가야라니 신기하네요."

가야가 고개를 끄덕였다.

"'사이가'도 쇠를 다루는 곳이라는 말이에요. 사이가 사람들은 가야 후예라서 쇠를 잘 다룬다고 했어요. 엄마가 가야금을 아주 잘 탔어요. 어머니 나라에서 가져온 악기라며 그 소리를 아껴서 내 이름도 가야라고 지었대요."

고개를 끄떡이며 듣던 느개가 말했다.

"사이가는 가야 난민이 대를 이어 사는 곳이로군요. 우리 어울림에는 발해 난민 자손들이 많아요."

가야는 히데요시 이야기를 하며 치를 떨었다.

"백 해가 넘도록 싸워 사람들은 하나같이 식구를 잃고 굶주림에 시달리는데, 아랑곳하지 않고 조선을 치겠다고 나서서 원성이 하늘을 찔러요. 일본군들은 드러내 놓고 말은 하지 못하지만, 어떻게 하면 살아 돌아갈 수 있을지 속앓이하고 있다니까요."

겨리가 가야 손을 꼭 쥐었다.

"언니, 어차피 일본에 돌아가지 못할 거면 일본군을 몰아내고 우리랑 같이 살아."

"고마워. 오라비 만나면 꼭 얘기할게. 같이 조선에서 살자고. 그보다 먼저 나와 함께 온 다이이치를 찾아야 해."

셋이서 반나절 가까이 주검 더미를 살폈으나 가마쿠라 다이이치를 찾지 못했다.

풀이 죽은 가야가 중얼거렸다.

"살아 돌아갔나 봐. 서둘러 부대로 돌아가야겠어."

이튿날 아침, 겨리와 느개는 거름강 싸움에서 일본군을 무찔렀다는 소식을 담은 방을 붙이고, 조선 옷을 입은 가야와 길을 나섰다. 웃개 나루에 이르니 그새 홍의장군과 의병이 일본군을 물리쳤다는 소문이 이미 왁자하게 돌았다. 일본군 눈을 피해 싸움 소식을 자세히 담은 한글 방을 여기저기에 붙이고 부산포로 가는 배에 올랐다. 겨리와 느개가 월포에서 내리면서 가야에게 오라비를 만나면 월포 주막으로 와서 주모를 찾으라고 했다.

이게 무슨 글씨야?

월포에 닿은 겨리와 느개는 나루터 가까이 사는 아이들에게 엿을 나눠 주며 '조선은 우리 땅' 노래를 알려 줬다. 그리고 거름강 싸움에서 의병이 일본군을 물리쳤다는 것을 알리는 글을 뿌리고는 내처 부산포까지 치달았다. 부산포에 닿은 겨리와 느개는 방패연 열 개를 사서 언덕으로 올라가 일본군을 물리쳤다는 얘기를 적은 쪽지를 매달아 날렸다. 끊어진 연은 바람을 타고 훨훨 날았다.

부산포에 있는 일본군 제3군 막사에서 파수를 서던 이가 팔랑팔랑 날아든 쪽지를 주워 들고 고개를 갸웃거렸다.

"이게 뭐지?"

"글쎄? 뭔지 모르겠네. 글씨 같기도 하고."

한 사람이 달려 들어가 장수 구키 타다요시에게 알렸다.

"이런 종이가 나뒹굴어서 주워 왔습니다."

구키 타다요시도 파수들과 다름없이 종이를 거꾸로, 바로 뒤집어 가며 고개를 갸웃거리다가 일렀다.

"통변을 불러오라."

통변이 들어오자 대뜸 눈앞으로 종이를 들이밀면서 물었다.

"이게 뭔 줄 아는가?"

"조선 글입니다."

"그래? 뭐라고 써 있는가?"

"엊그제 거름강 나루에서 의병이 우리 배들을 쳐서 물리쳤다는 얼거리입니다. 의병을 모은다는 말도 있습니다."

"뭐야? 다들 당장 나가서 뿌린 놈들을 잡아들여라!"

담벼락에 붙은 방 앞에 사람들이 삼삼오오 모여 얘기를 나누고 있었다. 마을 아이들 별이와 노을이도 겹겹이 둘러서 있는 사람들 사이를 비집고 들어갔다.

"와! 관군도 아닌 의병이 왜군을 물리치다니 믿겨? 겨우 몇십 사람이 조총을 가진 몇백이나 되는 적에 맞서서."

별이가 방을 가리키며 물었다.

"글 끄트머리에 저 빨간 꽃 이름이 뭐야? 이쁘다."

"곱지? 음… 꽃송이째 떨어지는 동백꽃이야. 지조와 절개를 나타낸대."

꽃을 가만히 바라보던 노을이가 생각났다는 듯이 말했다.

"한글이라 우리 같은 아이도 읽을 수 있어서 참 좋다."

"의병들은 뭐가 달라도 다르네."

"옆에 붙은 건 뭐지?"

별이가 손가락으로 가리키는 건 '조선은 우리 땅' 노랫말이었다. 노랫말 아래에는 줄넘기하는 그림과 함께 줄넘기 놀이와 연날리기, 제기차기하며 부르면 신바람이 난다고 쓰여 있었다.

"노랫말이 참 곱다. 우리도 의병 할까?"

"어려서 안 된다고 할걸."

"나는 열두 살, 언니는 열넷인데?"

"어리지. 그렇기도 하려니와 계집애라고 고개 흔들 게 뻔해."

"그래도 찾아가 보자. 안 된다고 하면 떼쓰지, 뭐."

"네 떼쓰기, 우리 마을에선 다 알아준다지만 거기서도 먹힐까?"

의병이 일본군을 물리쳤다는 말에 들떠서 그런지 사람들은 이곳이 일본군이 차지한 곳이라는 것도 까맣게 잊고 모처럼 밝게 웃었다.

그때 느닷없이 일본군이 들이닥쳐 칼집으로, 철포 개머리판으로 사람들을 마구잡이로 때리고 짓밟았다.

"어쿠!"

"아악!"

"아이고, 나 죽네."

일본군은 여성과 남성, 늙은이와 아이를 가리지 않고 닥치는 대로 끌고 갔다. 힘 좀 쓰는 사람들이 주춤주춤 뒤로 물러서다 보니 별이와 노을이 같은 아이들, 그리고 여성과 늙은이들이 앞으로 나서는 모양새가 됐다.

한편 부산포에서 내린 가야는 가마쿠라 다이이치부터 찾았다. 물러서는 배에 타고 있어서 탈 없이 살아남은 가마쿠라 다이이치는 가야가 죽었는지 살았는지 알 수 없어 애를 태우고 있었다.

다 큰 사내가 가야를 보자 닭똥 같은 눈물을 뚝뚝 떨어뜨리며 소리 높여 울었다.

"정말 아씨세요? 아이고 부처님, 고맙습니다. 엉엉."

"살아 있어서 고마워. 주검 더미를 헤치며 얼마나 찾아 헤맸는지…."

반가운 마음에 둘은 부둥켜안고 한참을 울었다.

가마쿠라 다이이치가 갑자기 울음을 그치고 가야를 보았다.

"참, 아씨! 다케노 쇼지 어르신이 돌아가셨대요."

"뭐? 어쩌다가?"

"우리가 떠나고 나서 야쿠인 텐소가 찾아왔대요. 아씨가 사라졌다는 얘기를 듣곤 길길이 날뛰다가 어르신을 끌고 가서 모진 고문을 했대요. 고문을 당하시다가 그만 흐윽!"

가야가 눈물을 뚝뚝 떨어뜨렸다.

"나 때문에… 날 살리려다 돌아가신 거야."

"아씨 때문이 아니에요. 히데요시와 그 땡중 때문이지요. 여기도 위험해요. 서둘러 한양으로 가서 마고이치로 대장님을 만나야 해요."

"그래! 어서 짐을 꾸려! 난 오토모 요시무네를 만나서 한양으로 갈 수 있게 해 달라고 할게."

시찰 나갔다는 오토모 요시무네를 한 식경 가까이 기다려, 한양으로 갈 비표를 받아 나오던 가야 눈에 일본군들에게 끌려오는 조선 사람들이 보였다.

"어이! 웬 사람들이냐?"

"불온한 방을 보고 있던 놈들을 끌고 왔습니다."

"불온한 방?"

"거름강 싸움에서 우리가 의병에게 크게 졌다는 얘기가 쓰인 방입니다."

"그래? 이리 데리고 오라."

"타다요시 님이 끌고 오라고 했는데요."

"아, 타다요시가 시켰구나. 내가 심문할 테다. 타다요시에게는 철포 대장 가야가 심문한다고 일러라."

갑옷 입고 가면 쓰고 이에 검은 칠을 하고 심문장에 나선 가야는 다른 사람 같아 보였다.

열 사람 남짓한 이들을 휘 둘러본 가야가 물었다.

"어찌하여 이런 몹쓸 방을 보고 서 있었더냐?"

가야 옆에 서 있던 여성이 조선말로 일러 주었다.

"어서 말해요. 입을 꾹 다물고 있으면 모진 벌을 내릴 것이에요."

"……."

입을 여는 사람이 아무도 없자 가야가 다시 말했다.

"누가 방을 붙였는지 불어라. 부는 사람은 풀어 주겠다."

"……."

"아니 어째서 말이 없어? 치도곤을 겪어야 입을 열 텐가?"

가야가 짐짓 큰 소리로 말하자 별이가 손을 들고 나섰다.

"담에 붙어 있는 걸 읽기만 해도 죄가 되나요?"

통변하던 여성이 소리를 낮춰 말했다.

"쉿! 자칫하면 치도곤을 맞을지도 몰라."

가야가 손짓으로 통변 여성을 불렀다.

"무슨 얘기냐?"

통변 여성이 다가와서 전해 주자 고개를 끄떡였다.

"당돌하지만 일리 있는 말이구나."

"방을 붙인 사람이 도망갔지, 여태 있겠어요?"

"궁금해서 와 볼 수 있지 않겠느냐?"

"그렇다 해도 붙인 사람을 찾아내는 게 우리 몫은 아니잖아요."

"고약한 글은 읽기만 해도 죄가 된다."

"괜히 멀쩡한 조선에 쳐들어와서 일어난 사달이잖아요. 그리고 읽어 보기도 전에 고약한 글인지 아닌지를 어떻게 알아요? 읽어서는 안 되는 글이라면 미리 막았어야죠."

"너희를 치려던 게 아니었어. 명나라를 치러 가는 길을 열어 달라고 여러 번 알렸으나 들은 척도 하지 않아서 그랬지. 너희 임금은 한양을 버리고 달아났다더구나. 이제 너희가 섬길 분은 도요토미 히데요시 전하야."

"섬김을 받으려면 품이 넉넉한지 보여 줘야지요."

'아이들도 저토록 똑똑하니 조선이 일본에 쉽게 먹힐 리가 없지.'

가야가 말했다.

"말을 똑 부러지게 하는구나. 듣고 보니 맞는 말이다. 좋아, 풀어 주마."

사람들을 풀어 준 가야와 가마쿠라 다이이치는 바로 새까만 말 두 필에 올라타고 한양으로 치달았다.

왜적과 내통하다니

다시 월포로 돌아온 겨리와 느개는 가야가 좋은 소식을 가져오기를 빌며 부지런히 방을 붙이고, 월포 주막에 들러 담이를 데리고 의령 홍의 부대로 돌아왔다.

부대에 들어서자 의병 한 명이 달려왔다.

"어떻게 알았는지 다친 왜군을 살려 보냈다면서 사령들이 찾아왔어."

느개와 겨리는 어찌할 바를 몰랐다.

"곽재우 장군님은요?"

"오운 장군과 함양에 가셨는데 이틀 뒤에나 돌아오실 게야."

뾰족한 수를 찾지 못한 윤탁 장군과 당찬 아재도 입맛만 다시고 있었다.

겨리가 먼저 나섰다.

"내가 갈게."

"무슨 소리야. 내가 갈 거야."

서로 가겠다는 겨리와 느개를 막아선 건 막손이었다.

"말도 안 돼! 무슨 잘못을 했다고 끌려간다는 말이야? 차라리 내가 갈게. 나는 크게 한 일이 없는데 느개 누나와 겨리는 이곳저곳을 종종걸음으로 쉴 새 없이 누볐잖아."

이번에는 달음이가 나섰다.

"무슨 소리야! 몸도 성치 않은 애가! 내가 가겠어."

담이 할아버지가 팔을 홰홰 저으면서 나섰다.

"벌이 무서울 거다. 장 열 대만 제대로 맞아도 죽어. 어린 너희가 가도록 내버려 둘 수는 없어. 내가 뱃길을 살핀다고 말해서 빚어진 일이니 내가 가겠다. 너흰 담이나 잘 보살펴 다오."

이때 사령들이 들이닥쳤다.

겨리가 앞으로 나섰다.

"내가 구완했어요. 나를 데려가세요."

느개가 겨리를 가로막고 나서며 오라를 든 사령에게 다가가 두 손을 내밀었다.

"아니에요. 내가 살렸어요."

사령들이 난감한 낯빛으로 서로 돌아보다가 나이 지긋한 사령이 꾸짖었다.

"너희가 뭘 안다고 나서. 그대들은 뭐 하는 사람들이요? 죄를 아이들에게 덮어씌우고 먼산바라기 하다니 부끄럽지도 않소?"

느개가 바랑에서 의병을 모은다고 쓴 종이를 꺼내어 사령 눈앞에 대고 흔들었다.

"아이들이라니요? 우리는 적진을 살피고 이렇게 의병 모으는 방도 붙이고 다녔다고요! 조선 사람이든 일본 사람이든 죽어 가는 사람이 있으면 살려야 하는 게 아닌가요?"

"알았다. 구완한 왜군은 어디에 있느냐?"

"히데요시 횡포에 떠밀려 일본 제2군 철포 부대에 있는 오라비를 찾아온 여성이에요. 보급 부대 따라 한양으로 가려고 했다가 우리에게 죽을 뻔했어요. 얼마 전 오라비를 만난다며 떠났어요."

"너희가 일본 사람과 어떻게 뜻을 나눴어?"

사령이 묻는 말에 느개가 대답했다.

"제가 일본 말을 할 줄 알아요. 대마도에서 살다 왔거든요."

사령은 당할 재간이 없다는 듯 고개를 저으며 겨리와 느개를 관아로 데리고 갔다.

여자아이들을 옥에 가두는 것이 마음에 걸리는지 사령은 거듭 일깨우며 다짐을 받았다.

"오늘은 현감이 바깥나들이 가셔서 내일 아침에 심문할 것이다. 일본 말 안다고 입도 뻥긋하지 말아. 일본군을 놓아줬다는 말은 더욱더 해서는 안 돼. 보기에 딱해서 상처에 약풀 발라 주고 이튿날 미음을 쑤어서 가지고 가니 사라졌다고 해라. 잘못하면 목숨을 잃을 수도 있어."

날이 밝자 거리와 는개는 동헌 앞마당으로 끌려 나가 무릎을 꿇렸다.

새파랗게 젊은 현감이 게슴츠레한 눈으로 지그시 두 아이를 바라보았다.

"무슨 죄를 지었느냐?"

사또가 묻는 말에 거리와 는개를 데려온 사령이 나섰다.

"왜군을 구완해 풀어 줬다고 해서 끌고 왔습니다."

"사실이더냐?"

"어제 들어 보니 자리를 비운 사이에 구완한 왜군이 사라졌다고 합니다."

"그래? 구완만 했다고 해도 죄가 가벼워지는 것은 아니다. 어찌하여 왜놈을 보살폈더란 말이냐?"

"피를 흘리고 쓰러져 있는 것을 보기 안타까워 약풀을 찧어 발라 줬을 뿐 따로 살피지는 않은 줄 압니다."

"저년들 입은 뒀다 뭐에 쓰려고 자꾸 자네가 나서는가!"

"거름강 나루에서 왜적을 물리치는 데 저 아이들이 큰 공을 세웠다고 하는지라…."

"입 다물지 못하겠나!"

사또가 는개를 바라보며 말했다.

"이름이 무엇이냐? 네가 일러 봐라."

"는개라고 하옵니다. 앓는 소리를 내며 쓰러져 있는 왜군이 눈에 띄어 상처에 약풀을 발라 주었습니다."

"고얀! 누가 너더러 그러라고 했느냐?"

"아닙니다. 저희가 알아서 보살폈습니다."

"왜적을 어찌 너희 마음대로 살폈느냔 말이다!"

"누구라도 목숨이 위태로우면 나서서 살려야 한다고 배웠습니다."

"조선 사람을 마구 죽이며 짓밟은 적인데도 살려야 한다는 말이더냐?"

"네, 여린 사람은 품어야 한다고 배웠습니다. 상처 입고 죽어 가는 사람은 약한 사람이 아닙니까? 더욱이 여성이었습니다."

사또는 눈이 동그래지면서 물었다.

"무어라? 여성이 싸울아비로 왔다는 말이냐?"

믿을 수 없다는 낯빛이었다.

"히데요시가 곳겨집(첩)으로 들이겠다고 해서 도망쳤답니다. 조선으로 온 오라비를 좇아왔다고 합니다."

"너는 왜적과 어찌 뜻을 나눌 수 있었느냐?"

"이태 동안 대마도에 가서 살았습니다."

"뭐라? 네가 왜와 가까워서 살려 줬구나."

"아닙니다. 가토 기요마사 철포 대장인 오라비에게 히데요시가 벌인 짓을 알리고 함께 조선 의병이 되겠다고 했습니다."

"고얀! 너희는 그저 왜적을 구완했을 뿐인데 그자가 도망갔다고 하지 않았더냐? 적과 내통하다니. 저년이 바른말을 하도록 주리를 틀라!"

이 말에 느개가 사또를 똑바로 노려보며 말했다.

"그게 어찌 내통이란 말입니까?"

대청마루 아래 서 있던 형방이 소리쳤다.

"저년이 어느 안전이라고 고개를 빳빳이 들어. 뭐 해? 어서 주리를 틀지 않고."

주리를 트는 와중에도 느개는 이를 앙다물며 외마디도 지르지 않았다.

"지독한 년! 악 소리도 내지 않는구나. 더 세게 조여라!"

급기야 느개가 고개를 옆으로 떨구며 정신을 잃었다.

사또가 소리쳤다.

"물을 끼얹으라!"

느개가 후르르 고개를 떨자 사또가 다시 다그쳤다.

"어서 털어놓아라!"

"저는 있는 그대로 말씀드렸을 뿐 더 털어놓을 것이 없습니다."

"아직도 정신을 차리지 못했구나. 더 세게 틀어라!"

'저러다 죽겠네.'

겨리가 소리치며 나섰다.

"잠깐! 잠깐만이요. 드릴 말씀이 있습니다, 사또!"

"그래? 허튼소리 지껄이면 어리다고 봐주지 않을 테다!"

"억울합니다, 사또. 느개 언니는 이번 거름강 나루 싸움에 으뜸가는 공을 세웠습니다. 먼저 적진에 뛰어들어 보급선이 뜬다는 소식을 가져왔습니다. 싸움에 나서서는 활과 수리검으로 많은 왜군을 물리쳤습니다. 싸움을 마치고서도 목숨 걸고 적진에 들어가 의병이 이겼다는 방을 수도 없이 붙였습니다. 또 이번 싸움에 큰 공을 세운 뱃사공 할아버지 손주를 데려왔습니다. 그런데 한때 대마도에 살아 왜말을 할 줄 안다고 염알이꾼으로 의심받아 죽는다면 누가 의병으로 나서겠습니까? 왜군을 보살피고 풀어 주자고 한 것은 언니가 아니라 접니다. 벌을 내리려면 저를 벌해 주세요."

이때 담이 할아버지가 담이 손목을 잡고 앞으로 나섰다.

"사또! 소인이 한 말씀 올려도 되겠습니까? 저는 방금 겨리가 말한 뱃사공입니다."

겨리가 한 말에 멈칫했던 사또는 이내 평정을 찾으며 허락했다.

"그리하라."

"이번 거름강 싸움은 이 아이들과 저기 있는 당찬이가 아니었으면 치를 수 없었을 것입니다. 목숨 걸고 적진에 들어와 저를 움직였기에 곡식과 무기 실은 배들이 뜬다는 것을 알 수 있었습니다. 얘가 저 아이들이 살린 제 손주입니다. 저는 이 아이들이 한 일이 법도에 어긋나는지는 잘 모릅니다. 그러나 이 아이들 마음씨로 보아, 알면서 잘못을 저질렀다고 보기는 어렵습니다. 슬기로운 사또님, 부디 이 아이들을 살려 주십시오."

담이도 할아버지를 거들고 나섰다.

"언니들을 풀어 주세요. 이 언니들 아니었으면 할아버지를 만나지 못했을 거예요."

"음…."

사또가 깊은 생각에 잠겼다.

느개가 겪는 아픔도 아랑곳하지 않고 하늘은 유난히 맑고 높았다. 느티나무 가지 위에 앉은 까치 한 쌍이 깍깍댔다. 까치가 울면 반가운 손님이 찾아온다던데 제발 누군가 와서 자신들을 구해 주기를 겨리는 바랐다.

그때 밝달이 한 말을 떠올린 겨리가 다시 나섰다.

"한 말씀 더 올리겠습니다. 저희 스승이 이런 이야기를 들려주신 적이 있습니다. 당나라 절에 고양이 한 마리가 동쪽 방에서 밥을 얻어먹고, 서쪽 방에서 잠을 자며 살았답니다. 어느 날 동쪽과 서쪽 스님들이 서로 자기네 고양이라면서 다퉜습니다. 이때 주지 스님이 한 손에는 칼을 들고 다른 손으로 고양이 덜미를 잡아 들고 말했습니다. '일러라! 이 고양이는 누구 것이더냐? 제대로 이르면 고양이를 살려 줄 테지만, 아니면 베어 버리겠다.' 하고요. 모두 꿀 먹은 사람처럼 앉아 있자 주지 스님이 그 고양이를 베어 버렸다고 합니다. 얘기를 마친 제 스승이 너희라면 어떻게 하겠느냐고 물으셨어요. 누구도 답을 하지 못했습니다. 그때 느개 언니가 나서서 '꼭 말을 해야 하나요? 저라면 주지 스님 손에 있는 고양이를 얼른 빼앗겠습니다.'라고 했습니다. 저는 그때 언니를 보며 아깝지 않은 목숨은 없다고 받아들였습니다."

사또가 끙 소리를 내며 낮게 말했다.

"옳은 말이다. 내 생각이 짧았구나. 그 스승이 누구더냐?"

"지리산 산내골 어울림을 아우르는 밝달이란 분입니다."

"좋은 스승을 모셨구나. 내가 성급했다. 찬찬히 알아보고 벌을 주든 상을 주든 해야 했는데…. 이보게, 사령. 어서 의원을 불러오게."

동헌 마루에서 내려온 사또가 는개를 일으켜 세웠다. 저만치서 곽재우 장군과 오운 장군이 부리나케 달려오고 있었다.

조선 의병이 된
일본 철포 부대장

가야는 오토모 요시무네 부대 연락 장교라고 쓰인 비표 덕분에 부산포를 떠난 지 사흘 반나절 만에 한양에 닿았다. 맞닥뜨린 한양은 참담했다. 불에 타서 시커멓게 그을린 궁궐, 주저앉은 집들이며, 주검 썩는 냄새가 코를 찌르는 길섶에는 굶주림에 겨워 널브러진 이들이 넘쳐났다. 그러나 무너져 내린 사이사이 보이는 한양 풍경은 오사카성과 사뭇 달랐다. 높다란 오사카성 앞에선 억눌리는 듯한 느낌을 받았는데 고즈넉하게 들어선 한양은, 무너져 내렸는데도 이백 해나 된 서울답게 차분하고 결이 고왔다. 가야는 히데요시가 저지른 짓에 또 한 번 진저리쳤다.

느닷없이 나타난 가야를 보고 마고이치로는 말을 잇지 못했다.

"일본에 있어야 할 네가 조선 땅에 어찌…?"

"생각지도 못한 일이 벌어져서 여기까지 왔어."

가야에 이어 가마쿠라 다이이치가 말했다.

"쇼지 어르신이 돌아가셨습니다."

마고이치로 눈에 금세 눈물이 그렁그렁했다.

"쇼지 할아버지가 아아! 어쩌다가?"

가야와 가마쿠라 다이이치는 일본에서 벌어진 일을 낱낱이 털어놨다.

"무어? 히데요시가? 저를 원수로 여기던 내가 충성을 다짐하며 조선 땅까지 왔는데. 그따위 허튼짓을 하더란 말이냐? 끝내 제 버릇 개 주지 못하는구나. 나쁜 놈! 나쁜 놈! 이 몹쓸 놈!"

치미는 부아를 견디지 못해 얼굴이 벌겋게 달아오른 마고이치로가 경중경중 뛰면서 고래고래 소리 질렀다.

"오라비, 의령에서 곽재우 장군이 이끄는 마흔 사람도 채 되지 않는 홍의 부대가 일본군 배 떼를 쳐서 크게 이겼어. 오라비를 만나려고 그 배 떼에 올랐던 나도 다쳐서 죽을 뻔했어."

"큰일 날 뻔했구나. 그런데 어떻게 살아났어?"

"조선 의병이 나를 구완하고 풀어 줬어."

가야는 그동안 겪은 일을 털어놓으면서 의병과 손을 잡고 히데요시 뜻을 꺾자고 했다.

마고이치로는 가야가 하는 말을 듣고는 선선히 대답했다.

"좋은 생각이야. 그렇지 않아도 아무 잘못도 없는 조선을 치는 것이 영 마음에 내키지 않았는데 잘되었어. 기요마사에게 말하고 떠나야겠다."

"진영을 버리고 떠나겠다는 말을 어떻게 해?"

"하하, 누가 그렇게 말한다더냐? 이순신이 오월 초이렛날 옥포에서 도도 다카토라가 이끄는 함대를 깨부줬어. 스물여섯 척이 바닷속으로 가라앉았지. 바닷길이 막혀 보급이 어그러지게 된 데다가 뭍에서는 곽재우를 비롯한 의병들이 노리고 있으니 보급로를 제대로 다져 놓고 오겠다고 하지, 뭐. 아랫사람을 다 데려갈 수는 없어도 사이가 사람들은 데리고 갈 수 있을 테니까."

성격이 시원시원하고 다부진 마고이치로는 미리 준비라도 하고 있었던 듯이 말을 이었다.

"사이가 사람들로 짜인 부대만도 백 사람이 훌쩍 넘으니 먹을거리며 잠자리를 마련할 수 있는지 알아봐야겠어. 홍의 부대가 그럴 형편이 아니라면 다른 길을 찾아야 할 테니까."

"듣고 보니 그렇네. 내가 다이이치와 함께 먼저 내려가서 알아보고 알려 줄게."

가야와 가마쿠라 다이이치를 배웅하고 나서 마고이치로는 사이가에서 나서 같이 자라 누가 더 낫고 못하다고 할 수 없을 만큼 가까운 소대장 여섯 사람을 조용하게 불러 모았다.

가야가 겪은 일을 알려 주니 괄괄하기로 이름난 사이가 소대장들은 흥분했다.

"대장! 돌아가서 히데요시 멱을 따 버립시다."

마고이치로와 오랫동안 죽을 고비를 여러 번 같이 넘긴 장수들인 만큼 히데요시를 그냥 둘 수 없다며 펄쩍 뛰었다.

"오다 노부나가도 간담 서늘하게 만든 솜씨를 가진 대장이 아닙니까? 노부나가가 말에서 떨어질 때 영락없이 죽은 줄 알았습니다. 염통에서 살짝 비껴가지만 않았어도…."

"싸움이 한창인데 일본으로 가겠다고 하면 의심을 살 수밖에 없어. 일본에선 히데요시와 등지고 살아갈 수 없잖아. 조선에 남아서 헛된 히데요시 꿈을 잠재우는 것은 어떨까?"

"어떻게요?"

"조선 사람이 되어 일본군을 무찌르는 거야. 멋진 앙갚음이 되지 않겠어?"

"우리가요? 에이, 그건 좀 그렇지 않나?"

"어째서? 조선은 오래도록 우리에게 문화를 물려줄 만큼 앞선 나라이고, 우리가 서로 물고 뜯으며 싸우던 내내 화평하던 나라야. 이제라도 잘못을 깨닫고 예의 깍듯한 조선 사람이 되어 일본군과 맞서겠노라고 하면 구실도 뚜렷해."

"낯선 나라에서 우리가 힘을 떨칠 수 있을까?"

"일본에서는 우리가 꼭두머리이던 적이 있었어? 칼이나 철포 다루는 솜씨가 으뜸이라고 추켜세우기만 하고 맨날 한뎃잠 재웠잖아."

"으뜸가는 마고이치로 철포 부대가 조선 의병으로 돌아섰다는 소리를 들으면 히데요시는 미쳐 버릴지도 몰라. 흐흐."

히데요시 헛된 꿈을 잠재우려면 총구를 돌리는 것이 낫겠다고

모두 뜻을 모았다. 마고이치로는 바로 가토 기요마사를 만나 아랫
녘으로 내려가 살펴보겠다고 얘기하고는 부대를 추슬렀다. 새벽이
가까워서야 자리에 누운 마고이치로는 잠을 이룰 수가 없었다. 앞
으로는 여태까지와는 다른 길을 걸어야 하기 때문이었다.

한편 덤터기를 벗고 풀려난 겨리와 는개를 막손이와 달음이가
달려가 부둥켜안고 울었다 웃었다를 되풀이했다.

가야가 가토 기요마사 철포 대장 마고이치로를 데리고 오겠다
며 한양으로 떠났다는 얘기를 듣고 곽재우 장군이 말했다.

"장하다. 온 마음으로 사람을 살리겠다는 정성이 왜군을 흔들
어 놨구나. 왜군 철포 부대원을 몇 사람만이라도 데리고 온다면 사
기가 부쩍 올라갈 테다. 그리고 미안하다. 관아에 잡혀가서 모진
일을 겪게 하다니."

눈에 띄게 수척해진 는개가 말했다.

"마음 써 주셔서 고맙습니다, 장군."

"너희가 붙인 방을 보고 의병이 되겠다면서 찾아온 장정들이
적지 않다더구나. 힘들 텐데 어서 쉬어라."

막사로 들어서려던 는개가 놀란 낯빛으로 소리쳤다.

"겨리야! 너 코에서 피가 나."

겨리는 당황해서 얼른 고개를 뒤로 젖혔다.

"그러면 안 돼. 고개 수그리고 코를 쥐어야 피가 멈춰."

"주리 틀린 건 언니인데 내가 유난을 떠네. 미안해, 언니."

"무슨 말이야. 어서 들어가서 쉬어."

겨리와 느개는 잠을 설치고 시달려 고단하던 끝에 등이 바닥에 닿자마자 바로 곯아떨어지고 말았다.

가야와 가마쿠라 다이이치는 밤낮을 쉬지 않고 달려 사흘 만에 월포 주막에 닿았다. 때마침 겨리와 느개, 달음이도 일본군 움직임을 살피러 월포 나루로 와 있었다. 겨리는 가야에게 마고이치로 부대가 의병으로 들어오면 홍의 부대 전력이 놀라울 만치 세어질 것이라며 곽재우 장군이 무척 기뻐했다고 전했다.

가마쿠라 다이이치는 마고이치로 부대를 맞으러 서둘러 북으로 떠나고, 월포에서 일본군이 전라도를 칠 것이란 말을 들은 느개는 창원성으로 떠나면서 달음이에게 일렀다.

"달음아! 난 창원성으로 들어가 왜군 움직임을 살펴볼게. 너는 어서 의령으로 가서 날래미 아지매와 함께 창원성으로 와. 내가 알릴 것이 나오는 대로 알려 줄 테니."

느개가 창원성에 들어간 이튿날 장이 섰다. 달음이와 날래미 아지매는 나발을 불고 꽹과리를 치면서 사람들을 불러 모았다.

"자, 날이면 날마다 오는 놀이가 아닙니다. 한세상 살다 보면 갠날도 있고 궂은날도 적지 않은데 날이 궂었다고 낯을 찌푸리고만 있을 순 없잖아요. 억울하게 죽은 넋을 달래 주려면 한을 풀어 줘야 하고, 이런 시름 저런 시름 내려놓으려면 놀아야 해요. 이런 아

품 저런 아픔 다 털어 낼 수 있도록 신바람 나게 놀아 봅시다. 얼
쑤!"

날래미 아지매는 하회탈을 쓰고 멍석 위에서 공중제비 하며 바
람을 일으켰으며, 달음이는 외줄에 올라 그릇 돌리기를 하며 신바
람 나게 놀았다.

창원성은 어수선했다. 제가 전라 감사라고 흰소리하면서 전라
도를 치겠다는 속셈을 숨기지 않던 안코쿠지 에케이가 군사를 이
끌고 들어온다고 했기 때문이었다. 군사 작전이란 본디 밖으로 새
어 나가지 않도록 펼치는 것인데 이토록 떠벌리는 건 조선군을 얕
잡아 본다는 뜻이었다. 덕분에 정보를 얻는 데 그리 큰 힘을 들이
지 않은 느개는 날래미 아지매와 달음이에게 똑같은 서찰 두 장을
건네면서 따로따로 빠져나가라고 했다. 한 사람이 잡히더라도 서찰
이 의령 의병 부대에 가닿아야 하기 때문이었다. 아니나 다를까 날
래미 아지매가 무학산을 넘다가 일본군에게 붙잡혔다. 수상쩍다면
서 몸을 뒤져 서찰을 꺼냈다.

"이게 뭐야?"

"글씨 같은데, 도통 뭔지 알 수 없네."

"수수께끼네."

거꾸로 보고 뒤집어보다가 서로 쳐다보며 갸웃거리더니 날래미
아지매를 끌어다 가두고 종잇조각을 윗전에게 보였다.

"수상쩍은 계집을 잡아서 몸을 뒤졌더니 이런 종이쪽이 나왔습

니다."

종잇조각을 받아 든 장수도 이리 돌리고 저리 돌리며 고개를 갸웃거리다가 통변을 불러오라고 했다.

"이게 뭔지 알아?"

"이것은 조선 글입니다."

"뭐라고 쓰여 있어?"

"'남강 아무개. 스무나흗날 일찍, 오이 스무 접, 가지 두 접, 소 두 필'이라고 쓰여 있는데요."

"뭐라는 말이야?"

"오이 스무 접, 가지 두 접은 오이가 이천 개, 가지가 이백 개라는 말이고, 소 두 필은 소 두 마리라는 말입니다."

"그래? 이걸 가지고 온 계집을 끌고 오너라."

장수는 감옥에서 끌려 나온 날래미 아지매에게 물었다.

"이게 어디서 났느냐? 네가 쓴 것이냐?"

"부산포 장사치가 쇤네에게 함안에 사는 아무개에게 가져다주라고 했어요. 쇤네는 글은커녕 암것두 모르는 무지렁이입니다요."

날래미 아지매가 멀뚱한 낯빛으로 말하자 통변이 장수에게 말했다.

"이 아낙은 글을 모른답니다. 부산포에 사는 장사꾼이 함안에 사는 농부에게 오이 이천 개와 가지 이백 개를 소 두 마리에 실어서 스무나흗날 일찍 부산포에 닿도록 서둘러 보내라는 서찰 같습니다."

"그래? 부산포에 있는 우리 군영으로 들어가는 것들인가 보구나. 놓아줘라."

날래미 아지매가 고비를 넘기고 가져온 소식은 오월 스무나흗날 새벽에 기마병 스물, 철포 부대 이백 사람을 비롯해 일본군 이천 사람이 남강을 건너 진주로 쳐들어온다는 것이었다.

홍의 부대가 왜적을 물리쳤다는 소문이 돌자 여기저기서 의병을 하겠다며 사람들이 밀려들었다. 여기에 마고이치로 철포 부대 백오십 사람까지 들어와 북적거렸다. 의병들은 착호갑사 출신인 당찬 아재처럼 몸을 잘 쓰고 무기를 잘 다루는 사람부터 무기는커녕 낫으로 풀 한 포기 베어 본 적 없는 서생까지 두루 있었다. 여기에 조선말은 한 마디도 알아듣지 못하는 일본 사람들까지 들어왔으니, 그야말로 만물상이었다. 낯선 사람들이 어울려 막사 짓기부터 병장기 만들기까지 갖가지 일을 하느라 어수선했다.

솥바위 나루 싸움

오월 스무사흗날 밤, 밤새도록 비가 퍼부었다. 빗속을 뚫고 함안과 의령을 가르는 남강 기슭에 닿은 일본군 선발대는 마을 사람들을 시켜, 걸어서 건널 수 있을 만큼 얕은 강 가운데에 땅이 제법단단한 곳을 골라 말뚝을 박아 두고 떠났다.

숨어서 지켜보던 심대승 장군이 말했다.

"바닷길이 막혔으니 강을 건너 전라도를 치겠다는 생각이지. 전라도가 무너지면 왜적은 날개를 단다. 반드시 막아야 해. 저들이박아 놓은 말뚝을 뽑아서 한번 빠지면 아무리 용을 써도 빠져나올수 없는 곳에 옮겨 박아라!"

말뚝을 뽑아 늪지대로 옮겨 박은 다음 갈대숲에는 활과 쇠뇌를든 의병과 철포를 든 마고이치로 부대가 숨고, 언덕과 벼랑 위에는 신기전을 걸어 놓은 화포들을 숨겨 놨다.

　스무나흗날 새벽. 일본군 선봉 부대 백오십여 사람이 말뚝을 따라 강을 건너다가 수렁에 빠져 앞으로 나아가지 못하고 허우적거렸다. 그때 투석기가 불을 뿜고 잇달아 화살이 빗발치듯 날아들었다.

　"매복이다!"

　"헉!"

　"으악!"

　일본군들이 지르는 비명이 하늘을 찔렀다. 거리와 막손이는 북을 치면서 목이 터져라 '조선은 우리 땅'을 불러 젖혔다.

　손쓸 겨를도 없이 쏟아지는 화살과 돌에 맞아 아우성치던 일본군이 반 시진이 채 되지 않아 소리가 잦아들었다. 그즈음 본대가 남강 기슭에 닿았다. 앞장선 싸울아비들이 떼죽음당한 걸 알고 눈이 뒤집힌 안코쿠지 에케이가 길길이 뛰며 소리쳤다.

　"바보 같은 놈들. 저따위 허수아비들한테 당하다니. 짓밟아 버려! 한 놈도 살려 두지 마라!"

　일본군이 띄운 배와 뗏목이 강 가운데에 이르자 투석기가 불붙은 돌을 쏟아붓고, 화살이 쏟아졌다.

　곽재우 장군이 힘차게 외쳤다.

　"자! 왜적을 짓밟아 주자! 싸움은 기백으로 하지 숫자로 하지 않는다."

독이 바짝 오른 안코쿠지 에케이는 부하들이 끊임없이 쏟아지는 돌무더기와 화살을 맞고 쓰러지든 말든 아랑곳하지 않고 밀어붙였다.

"나아가라! 어서 조선 놈들을 하나도 빠짐없이 짓밟아 주란 말이야!"

강기슭에 닿은 배에서 내린 병사들은 뭍을 채 밟기도 전에 외마디를 지르며 나뒹굴었다. 일본군은 날아드는 돌과 빗발치는 화살을 맞고 쓰러지고 또 쓰러져도 앞으로 나아갔다.

기세가 오른 의병들은 더욱 세차게 불붙은 돌과 화살을 쏟아부었다. 곽재우 장군을 비롯해 장수 몇이 붉은 옷을 입고 흰말에 올라 강가를 누비며 뭍에 오르는 일본군을 베고 또 베었다. 쓰러지고 또 쓰러지는 가운데서 살아남은 일본군들은 독기가 바짝 올랐다. 어떻게 해서든지 뭍에 오르려고 안간힘을 썼다.

피 튀기는 싸움을 바라보던 안코쿠지 에케이가 소리쳤다.

"저기 붉은 옷을 입고 말 탄 놈들을 잡아라! 목을 치는 자에겐 상을 내리겠다."

하나같이 귀신 탈을 쓰고 이에 검은 칠을 해서 야차 같은 모습으로 뭍에 오른 일본군들이 철포를 쏘며 달려들었다. 홍의 장군들은 조금도 굴하지 않고 도깨비불처럼 여기서 번쩍 저기서 번쩍 싸움터를 휘저으며 내달았다. 일본군도 만만치 않았다. 나무 방패를 세우고 세 줄로 앉아 한 사람씩 돌아가며 앞으로 나서서 화살이 날아오는 갈대숲으로 철포를 쏘았다. 바로 그때였다. 갈대숲에서 일본군 쪽으로 따다당! 따당! 하면서 총알이 날아들었다.

"한 놈도 뭍을 밟도록 해선 안 된다!"

마고이치로가 외치는 소리에 따라 철포 부대 총부리에서 불을 뿜어 댔다. 일본군만 쓰는 줄 알았던 철포를 조선군, 그것도 의병 진영에서 콩 볶듯이 쏘아 대니 일본군은 느닷없음에 놀라며 여기서 픽 저기서 픽 쓰러졌다. 그래도 만만치 않은 기세로 달려들었다. 마고이치로 부대까지 해 봐야 가까스로 삼백 사람을 넘긴 데다가 태반이 농부인 의병들은 이제 싸움에 이골이 난 일본군과 맞붙어야 했다. 기울어도 너무 기우는 싸움이었다.

강을 다 건넌 일본군이 우르르 달려들자 왼쪽 언덕에서 사람 키를 훨씬 뛰어넘는 기다란 창을 든 의병 마흔 사람이 마주 내려왔다. 심대승 장군이 아우르는 부대였다. 바로 그때 갈대숲에서 쇠뇌를 쏘던 의병들이 쇠뇌를 내려놓고 두 사람이 넉 자 네 치에 이르는, 창이 여덟 개나 달린 기다란 창대를 하나씩 꼬나들고 일본군에게 달려들었다. 모두 서른여섯 사람이 기다란 창대 열여덟 대를 들고 학익진을 펼치며 밀어붙인 것이다. 무술은 서툴러도 힘 하나만큼은 누구에게도 밀리지 않을 사람들로 가려 뽑아 오운 장군이 아우르는 부대였다. 당찬 아재를 비롯해 무술에 밝은 이들이 칼을 꼬나들고 일본군을 베면서 이 사이를 누볐다.

"저놈들 뒤로 돌아가서 쳐라!"

일본군 진영에서 터진 소리였다. 일본군이 뒤로 돌아 에워싸려고 할 때, 언덕에서 마흔 사람 남짓한 의병 무리가 긴 창을 들고 달

110

려 내려와 막아섰다. 윤탁 장군 부대였다. 베고 또 베고, 찌르고 또 찌르고, 죽이고 또 죽여도 일본군은 거듭 밀려왔다.

일본군 본대가 배를 타고 강을 건너기 시작했을 때가 정오 무렵이었는데 어느덧 땅거미가 지고 있었다. 시간이 지나면서 차츰 의병들이 밀렸다.

그때 홍의 부대 쪽에서 붉은 깃발이 올라가면서 부우웅! 고둥 소리가 들렸다.

"뛰어라!"

"힘껏 달려!"

윤탁 장군 소리에 맞춰 의병들이 창과 칼을 거두고 벼랑 쪽으로 내닫기 시작했다. 죽어라 달려서 짚으로 가려 놓았던 웅덩이로 뛰어들어 숨겨 놓은 방패로 하늘을 가렸다. 그때 슈슈슈슈슉 하는 소리와 함께 벼랑 위에서 석 자 세 치나 되는 긴 화살이 꽁무니에 불꽃을 튀기면서 새카맣게 쏟아졌다.

"헉!"

"아악!"

"아아악!"

야차처럼 달려들던 일본군이 여기저기서 외마디를 지르며 쓰러졌다. 화약이 터지는 힘으로 쏘아 올린 신기전이었다. 한꺼번에 백 발을 쏠 수 있는 화포 세 대, 서른 발을 쏠 수 있는 화포 네 대가 화살을 쏟아부었다. 화살 소나기가 멈추자 웅덩이에 숨어 있던 의병들이 뛰어나와 넋이 빠져 서 있는 일본군을 베고 찔렀다. 숫자가 많은 일본군이 다시 기세를 올릴 때 고둥이 또 울었다. 의병들은 다시 있는 힘을 다해 웅덩이로 뛰어들어 방패를 들어 올렸고, 일본군은 쏟아지는 화살을 고스란히 몸으로 받았다. 안코쿠지 에케이는 거듭 물러서지 말라고 소리쳤다. 물러서지 말라는 명령과 살고 싶은 본능 사이에서 주춤주춤하는 일본군 사이를 의병들이 비집고 들어가 베고 찔렀다. 다시 고둥 소리에 맞춰 조선군이 신기전을 날리니 이번엔 일본군이 방패를 들어 올려 막았다. 그런데 웬걸, 방패에 꽂힌 화살이 터지면서 방패가 두 쪽이 나고 그 사이로 화살이 사람 몸에 꽂혀 또 터졌다. 약통 안에 발화 통이 하나 더 있어서 화살이 꽂힌 다음에 다시 터지는 중신기전이었다.

겁을 먹은 일본군이 소리쳤다.

"귀신 화살이다!"

불발탄도 적지 않았으나 여기서 펑! 저기서 펑펑! 화약 터지는 소리에 놀란 일본 병사들이 넋이 빠져 있다가 하나둘 슬금슬금 몸을 돌리더니 꽁지 빠지게 내뺐다. 물러서지 말라고 악을 쓰던 안코쿠지 에케이도 처음 보는 화살 포탄을 바라보다가 소리쳤다.

"물러서라! 물러나!"

오직 살아야겠다는 생각 하나로 내빼는 일본군 등덜미로 화살과 총알이 파고들었다. '걸음아 날 살려라.' 도망가느라 화살과 철포 탄에 맞아 죽는 사람보다 밟혀 죽는 이가 더 많았다.

심대승 장군이 소리쳤다.

"쳐라! 한 놈도 살려 두지 말라!"

사기가 오른 의병들이 칼과 창을 거머쥐고 일본군 뒤를 쫓았다.

그때 일본군을 쫓아가는 의병들 뒤로 곽재우 장군 목소리가 들렸다.

"그만! 그만 쫓고 쓰러진 이들을 챙기시오. 서두르시오."

수습하던 의병이 외쳤다.

"다친 왜군을 죽여 버릴까요?"

겨리와 는개가 한꺼번에 소리쳤다.

"안 돼요! 다 살려야 해요."

"무슨 소리야! 원수들을 살리라니."

는개가 앞으로 나서며 외쳤다.

"죽이고 싶은 마음은 저희도 다를 바 없어요. 그러나 저 사람들은 시키는 대로 따랐을 뿐이잖아요. 오늘 함께 싸운 철포 부대도 그동안 조선 사람들을 죽였으나 잘못이라고 깨닫고 돌아섰어요. 목숨부터 살려 놓고 잘잘못을 가려야 하지 않을까요?"

옆에 있던 가야도 입을 열었다.

"저는 히데요시가 궁궐로 불러 몸시중을 들게 하려고 해서 조선으로 도망쳐 왔습니다. 거름강 싸움에서 목숨을 잃을 뻔한 저를 겨리와 는개가 살려 주었어요. 두 사람이 저를 믿어 주었기에 마고 이치로 철포 부대가 오늘 여러분과 함께 싸울 수 있었어요. 그러니 저 사람들에게도 돌아설 수 있는 길을 열어 주면 좋겠습니다."

멀찌막이 떨어진 데에서 손뼉을 치며 오는 사람이 있었다. 예순이 가까운 늙은이라고 할 수 없을 만큼 허리가 꼿꼿한 오운 장군이었다.

"좋아요. 다친 사람은 누구라도 살려야 합니다. 뒷일은 곽 장군과 뜻을 나눠 보겠습니다."

피비린내가 코를 찌르고 주검이 산더미처럼 쌓였다. 싸움이 거셌던 만큼 목숨 잃은 일본군은 오백이 넘고 다친 이도 쉰 사람이 넘었다. 의병도 죽은 이가 서른셋, 다친 사람도 마흔두 사람이나 되었다. 히데요시가 조선을 치겠다고 나서지 않았더라면 멀쩡했을 사람들이었다.

《조선왕조실록》을 지켜 낸
놀이패

오월 스무닷샛날, 군령이 떨어졌다.

다친 사람은 조선 사람과 일본 사람을 가리지 않고 구완한다.
잡힌 일본군에게는 조선을 살릴 맞싸울이가 되어 달라고 이야기한다.
그러나 돌아가겠다고 하는 이들은 풀어 준다.

가야와 마고이치로는 싸움을 멈추지 않는다면 죽을 때까지 싸
움터를 떠날 수 없을 것이라면서 저희를 죽을 자리로 몰아넣은 히
데요시에게 맞서자고 일본군을 흔들었다.

"그대들은 누구 좋으라고 잘못 없는 조선 사람을 죽여 가며 목
숨 내놓고 싸웁니까? 식구를 내팽개치고 조선을 쳐서 무엇을 얻을

수 있습니까? 모르지요? 잃는 것은 뚜렷합니다. 팔다리 아니면 목숨이에요. 바로 싸움이 우리가 물리쳐야 할 적이며, 히데요시야말로 우리가 몰아내야 할 적입니다."

조곤조곤, 그러나 온 마음을 기울여 말하는 가야를 보며 버티던 일본군들이 흔들렸다.

가장 먼저 나선 사람은 스즈키 모모타로라는 장수였다.

"좋소, 이 지긋지긋한 싸움에서 벗어나려면 그 길밖에 없겠군요."

의병이 된 마고이치로 부대가 쏘는 철포 탄이 가슴에 품은 책에 맞고 미끄러져 염통에서 살짝 비껴가는 바람에 목숨을 건진 이였다.

"평소에 오랜 전쟁에서 겨우 살아남은 우리가 왜 조선까지 밀려와 까닭 없이 죽어 나가야 하나라고 생각했는데 '적'이 조선이 아닌 '싸움'이라는 말에 정신이 번쩍 듭니다."

스즈키 모모타로 목숨을 살린 책은 《세종실록》이었다. 성주 사고(史庫)에 불을 지르던 일본군이 빼돌린 책에는 세종 21년(1439년) 유월 실록도 있었다. 유월 스무엿샛날 일기에는 '임금과 신하가 갖춰야 할 예절을 비롯해 예악 문물을 적은 사료가 이어 내려왔기에 우리 살림이 넉넉할 수 있었다. 그런데 실록을 비롯한 사료를 간직하는 사고가 서울과 충주에만 있어서 잃어버릴까 걱정이다. 멀리 떨어진 곳 몇 군데를 골라 사고를 더 만들어야 한다.'란 뜻을 담은 얼거리도 있었다.

세종 임금 뜻에 따라 더 만든 곳이 성주 사고와 전주 사고였다. 그런데 이번 난리에 성주와 충주, 도성에 있는 사고는 다 불타 없어지고 전주만 남았다.

오운 장군이 한숨을 내쉬었다.

"일본군이 전주 사고를 남겨 두지 않을 텐데… 어쩌지?"

느개가 나섰다.

"저희가 어울림으로 돌아가 전주 사고에 있는 책들을 깊숙이 숨길 길을 찾아보겠습니다."

겨리와 느개, 달음이와 가야가 부랴부랴 어울림으로 돌아왔다. 한양과 충주, 성주 사고가 모두 불타 버렸다는 얘기를 들은 밝달은 낯빛이 하얗게 바뀌었다.

"뿌리 잘린 나무가 살아남을 수 없듯이, 우리 겨레가 살아온 결을 알지 못하면 갈피를 잃고 헤맬 수밖에 없어. 어울림 사람들이 아사달부터 고구려와 고려로 이어 온 얼과 결을 잃지 않으려고 애쓰는 까닭도 그것이야. 너희가 둘로 나뉘어 한 패는 전주 경기전으로 달려가 참봉에게 사료들을 깊숙이 숨겨야 한다고 말씀드리고, 다른 패는 내 서찰을 변산에 있는 자매 마을 열림 바라지이 흰달에게 드리도록 해. 그리고 사고를 옮기고 지키는 일에 나서 달라고 말씀드려. 달음이는 열림에 갔다가 너희 놀이패를 찾아서 사료 옮기기를 돕고, 옮기고 나면 그곳을 지켜 달라고 하면 좋겠구나."

전주 사고가 있는 경기전을 지키는 오희길 참봉은 사고가 모두 불에 타 없어지고 전주 사고만 남았다는 얘기를 듣고 예순네 살 먹은 안의, 쉰여섯 살 난 손홍록 할아버지와 머리 맞대고 태조 임금 어진과 실록을 비롯한 역사 자료를 어디로 옮길까 하고 이모저모 짚었다.

고개를 갸웃거리던 손홍록이 입을 열었다.

"마루 밑을 파고 묻으면 어떨까? 조선 십삼 대 임금 실록만 해도 팔백오 권 육백십사 책이고,《고려사》를 비롯한 다른 전적이 오백삼십팔 책이나 되니 옮기기도 만만치 않은데."

느개가 손사래 치며 나섰다.

"말씀드렸잖아요. 왜군 장수 품에서 성주 사고에서 빼낸 실록이 나왔다고요. 우연히라도 왜군이 땅에 묻힌 걸 알아차리면 파내서 불태우거나 가져갈 수도 있어요."

너무 멀리 가기에는 옮기는 품도 만만치 않게 들어갈 테니 선뜻 마련이 서지 않았다.

서로 얼굴을 마주 보며 한숨 쉬다가 느개가 입을 열었다.

"아무래도 산속 깊숙이 숨겨야 마음이 놓이지 않을까요? 깊은 산이라면 지리산을 따라갈 곳이 없어요. 그러나 여기서 짐을 싣고 가기엔 너무 먼 데다가 왜군이 있는 함안하고 가까워서…."

오희길 참봉이 안을 냈다.

"내장산이 가장 낫지 않을까 싶소. 여기서 그리 멀지도 않고 산세도 깊으니."

그때까지 묵묵히 듣고만 있던 안의가 말했다.

"그게 좋겠습니다. 내장산에 다녀옵시다. 어디에 모셔야 할지 살펴봐야 하지 않겠소. 서두릅시다, 왜적이 전라도를 노리며 몰려오고 있으니."

가는 날이 장날이라고 비가 몹시 퍼부어 앞이 보이지 않았다. 빗속에 넘어지고 미끄러지면서 낭떠러지를 기어 올라가야 했으나 투덜거리는 이가 없었다. 퍼붓는 빗속에서 사흘 동안 내장산을 두루 훑은 끝에 가려낸 곳이 영현봉과 금선계곡 사이 벼랑에 있는 용굴과 은적암, 까치봉 벼랑 위에 있는 비래암이었다.

내장산을 돌아보고 내려오니 겨리와 달음이가 자매 마을 열림에서 놀이패 우두머리 별상 영감을 모시고 경기전에 와 있었다. 별상이란 만물이 서로 다른 모습을 하고 있다는 뜻을 담은 말이다. 별상 영감 이름은 본디 말귀였으나 온갖 사람 흉내를 천연덕스럽게 잘 낸다고 해서 별상이란 별명이 붙었다. 역사책들 옮길 터를 찾았다는 얘기를 들은 겨리는 어울림을 떠나기 전 밝달이 써 준 서찰을 전라도와 충청도에 퍼져 있는 놀이패들에게 보내려고 여러 번 베껴 썼다.

뿌리를 잊은 겨레에게 앞날은 없습니다. 아리고 슬픈 것이든, 기쁘고 즐거운 것이든, 그저 아무렇지도 않은 것이든 우리네 살림살이는 기려야 합니다. 다행히 옛 어른들은 살림살이를 척바림해서 남겼습니다. 그러

나 오랜 세월을 거치면서 쳑들이 쳐들어와 짓밟는 바람에 쳑지 아니 잃어버렸습니다. 이번에 또 성주와 충주 그리고 도청에 나눠서 간직하던 사료들이 다 불타 없어지고, 오직 쳔주 사고에 있는 것만 남아 숨기려고 합니다. 난생처음 보는 사람들이 뜻을 맞춰 옮기고 지켜 내기란 여간 어렵지 않습니다. 그러니 오래도록 더불어 놀면서 손발을 맞춰 온 놀이패와 등짐장수 여러분이 나서서 지켜 주세요. 우리 숨결을 지키는 일입니다. 함께해 주실 거지요? 온 마음으로 빕니다.

어울림 바라지이 밝달

사람들을 모으고 사고를 옮기는 데 드는 돈을 마련하느라 부산을 떠는 사이 유월로 접어들었다. 한양에 있던 일본 제6군 본대가 무주에서 홍의 부대에게 밀려난 안코쿠지 에케이 부대와 만나 금산으로 밀고 내려올 것이라는 얘기가 들어왔다. 일본군이 금산에 들어온다면 전주는 그야말로 바람 앞에 놓인 등불이었다. 다행히 사람들이 금세 모였다. 달음이와 어울렸던 놀이패 열다섯, 별상 영감을 따르는 놀이패 스물둘, 방을 보고 온 다른 놀이패 열셋, 서른 남짓한 등짐장수들과 그 밖에 함께하겠다는 사람들을 다 하니 백 사람 가까이 모였다. 옮기는 데 드는 돈은 오희길 참봉과 안의, 손홍록이 대고, 지키는 동안 먹을 것은 어울림과 열림에서 맡기로 했다.

유월 열아흐렛날 의령에서 날래미 아지매가 곽재우 장군이 보낸 서찰을 품고 왔다. 선조 임금이 조정을 나눠 임시 정부를 맡은 광해군이 남쪽에 있는 의병들이 어떻게 싸우는지 알고 싶어 하는데, 겨리와 느개가 가서 알려 주면 좋겠다는 얼거리였다. 남은 일은 별상 영감에게 맡기고 겨리와 느개, 그리고 일본군이 세고 여린 구석을 알릴 수 있는 가야가 광해군을 만나러 가기로 했다.

겨리와 느개, 가야가 전주를 떠나고 이틀이 지난 유월 스무이튿날. 일본군이 금산성을 차지했다는 소식이 들렸다. 금산에서 전주까지는 백육십 리밖에 되지 않으니 그야말로 코앞이었다. 잰걸음으로 움직였으나 옮길 채비를 하는 데만 이레나 걸렸다. 그런데 열흘 넘도록 비가 오지 않아 잦아드는 줄 알았던 장마가 다시 시작됐다. 영현봉과 금선계곡 사이 벼랑에 있는 용굴과 은적암 그리고 까치봉 벼랑 위에 있는 비래암 모두 가파른 절벽을 타고 올라가야 닿을 수 있는 곳이었다. 맑은 날 그냥 올라도 숨이 턱턱 차오를 만큼 힘이 드는 곳을 등짐까지 지고 억수 같은 빗속을 뚫고 올라야 했다. 사람들은 벼랑에서 미끄러지고 굴러떨어지면서도 물러서지 않았다. 온갖 고생을 하며 옮긴 사료들은 놀이패와 등짐장수들이 번갈아 지켰다. 오희길 참봉과 안의, 손홍록을 빼면 거의 천민들이었다.

달거리

겨리와 는개, 가야는 한양까지는 뱃길로, 한양부터는 뭍으로 가기로 했다. 배로 더 올라갈 수도 있었으나 한양을 떠난 지 제법 오래된 광해군에게 뒷사정을 알려 주고 싶어서 잡은 길이었다. 는개는 남장하고 패랭이를 쓰고 등짐을 졌으며, 겨리와 가야는 치마저고리 차림으로 머리에 보따리를 이고 마포 나루에 내려섰다. 나루를 벗어나 애오개 아랫말을 지나가는데 아이 여럿이 모여 노래를 부르며 놀고 있었다. 무슨 놀이를 하나 싶어 다가서는데 귓결에 익숙한 가락이 스쳤다. 놀랍게도 '조선은 우리 땅'이었다.

'아, 어느새 도성까지 번졌단 말인가?'

겨리와 는개가 서로 얼굴을 바라보며 벙그는 입을 다물지 못했다. 그러다가 일본군이 득실거리는 한양에서 대놓고 일본을 무찌

르자고 하면 잘못될 수도 있겠다는 생각이 들어 다가섰다.

"얘들아, 그 노래 어디서 배웠어?"

겨리가 묻자 가장 키 큰 아이가 똘망똘망한 눈빛으로 대답했다.

"윗동네 아랫동네 가리지 않고 아이들이 부르길래 신나서 그냥 따라 불렀는데…."

"이름이 뭐니?"

"복동이."

"몇 살이야?"

"일곱 살."

"네가 가장 언니니?"

"응, 여기 분이도 나랑 동갑이야."

맞은쪽에 서 있는 계집아이를 손가락으로 가리키며 말하는 품이 귀여웠다.

"그렇구나. '조선은 우리 땅' 노래 다 아니?"

"다 알아. 이 노래 이름이 '조선은 우리 땅'이야?"

"응. 근데 일본군이 득시글득시글한 데서 일본군을 무찌르자고 하면 혼쭐이 날까 안 날까?"

"음… 혼쭐이 날 테지."

"너희뿐 아니라 어버이와 언니를 끌어다가 치도곤을 놓을 거야."

아이들 낯빛이 금세 흙빛으로 바뀌었다.

"그럼 어쩌지?"

"몇 군데 바꾸면 좋을 듯한데, 어때?"

"응, 좋아."

겨리는 둘째 토막과 셋째 토막을 살짝 틀어서 알려 줬다. 누구
라도 너끈히 알아들을 수 있도록.

어진 말, 고운 결, 인심 좋은 토끼 굴.
쌈박질 살쾡이 몰려 들어와
멧돼지 잡으려니 길을 트라 짓밟네.
어쩌면 좋을까?

동무야 모여라! 내남없이 나서자!
우리나라 사람 힘껏 지키자!
어울려 나서는 우리가 곧 담이다.
무찔러 살쾡이!

느개, 겨리, 가야는 아이들에게 줄을 나눠 주고 한참 어울려 놀
다가 성안으로 들어섰다. 무너져 내린 궁궐이며, 몰려다니는 일본
군을 보면서 한양을 빼앗겼다는 것을 뼈저리게 느꼈다. 장통방 둘
레에 생선 파는 어물전이며, 종이 파는 지전, 무명 파는 면포전은
그런대로 활기찼으나 돌아앉아 있는 주막은 한갓졌다.

국밥을 앞에 두고 주모에게 사정을 물었다.

"나라님이 백성을 내팽개치고 피난을 가셨으니 속이 많이 상했

겠어요."

주모는 말로 다 하기 어렵다는 듯이 손사래를 쳤다.

"말해 뭘 해. 저만 살겠다고 달아난 임금을 좋아할 사람이 있답디까? 궁궐뿐 아니라 거칠고 사납게 군 임해군이 살던 집도 불 질렀어. 광해군이 살던 집만 멀쩡해. 퍽 곰살맞았거든."

"왕실 사람치고는 괜찮았나 보네요, 광해군은."

느개가 추임새를 넣자 주모는 신바람이 나서 말을 이었다.

"아무렴, 어려운 이들 마음을 헤아려 곧잘 인정을 베풀곤 했지. 싫어하는 사람이 별로 없을걸. 그런데 참 딱하지 뭐야."

겨리가 고개를 바싹 들이밀며 물었다.

"왜요?"

주모가 금세라도 울음을 터뜨릴 듯한 낯빛으로 말했다.

"그게… 왕실이 피난 가던 날 비가 몹시 내렸어. 챙길 겨를 없이 떠나는 피난길이니 비를 쫄딱 맞을 수밖에. 광해군이 낳은 갓난아기가 그만 고뿔에 걸려 죽고 말았대."

"저런…"

민심을 살피고 돌아서면서 가야가 말했다.

"의병이 왜적을 물리쳤다고 알리는 방에다 마고이치로 철포 부대가 일본을 등지고 조선 의병이 되어 왜군을 무찌르는 데 큰 힘을 보탰다는 것도 써서 알려야 하지 않을까? 그리고 왜군들에게도 마고이치로 소식을 알려 의롭지 못한 싸움을 그만두라고 일깨우면 어때?"

는개가 바로 맞장구쳤다.

"그래. 지긋지긋한 싸움에서 벗어나고 싶은데 이러지도 저러지도 못하는 왜장들이 보도록 하면 좋겠다. 돌아서진 않더라도 사기를 떨어뜨릴 수 있겠지."

주막으로 돌아가 부지런히 한글과 일본 말로 된 방문을 쓴 세 사람은 어둑어둑해지자 서둘러 거리로 나섰다.

왜척이 득실거리는 도성에서 숨죽이며 살기 얼마나 힘드십니까? 의령에서 의병을 일으킨 홍의장군 곽재우입니다. 오월 초나흗날 거름강 싸움에서 아녀자며, 아이까지 채 오십 사람도 되지 않는 의병으로 왜선 열한 척을 덮쳐 여덟 척을 부수고 이백에 가까운 왜군을 물귀신으로 만들었습니다. 또 의병 삼백 사람으로 오월 스무나흗날 전라도를 치겠다고 남강을 건너는 왜척 이천에 맞서 오백이 넘는 원수를 죽이며 물리쳤습니다. 이때 가토 기요마사 군 선봉에 섰던 스즈키 마고이치로 대장을 비롯해 씩씩하고 날랜 사이가 철포 부대 백오십 사람이 조선 의병으로 나서서 크게 한몫했습니다. 숨어 있던 우리 힘이 서서히 드러나고 있습니다. 제가 아우르는 의병 부대도 처음엔 가까스로 열 사람을 넘겼을 뿐입니다. 그러나 이젠 수천 사람입니다. 두려움을 떨치고 나서야 하는 까닭입니다. 모입시다. 어서 의병으로 나서서 원수들을 이 땅에서 몰아냅시다.

임진년 유월
홍의장군 곽재우

일본군은 보시오.

가토 기요마사 선봉에 섰던 스즈키 마고이치로가 아우르는 사이가 철포 부대가 조선 의병이 되어 컨라도를 치려고 남강을 건너는 안코쿠지 에케이 부대를 물리치는 데 큰 힘을 보탰소. 조금만 생각해 보면 그 까닭을 어렵지 않게 알 수 있을 게요. 조선 사람들이 그대들에게 뭘 잘못했다고 칼부림하고 총질을 해 댄단 말이오? 그대들이 식구를 멀리 떠나 평화로운 조선을 쳐서 얻을 게 뭐가 있다고 목숨을 내놓고 싸워야 한다는 말이오? 조선이 척이라고요? 아닙니다. 그대들에게 척은 조선도 조선 병사도 아닌, 그대들을 죽을 곳으로 내몰아 케 욕심 채우려는 히데요시요. 칼로는 평화를 가져올 수 없어요. 봄바람만이 나비를 날게 하듯이 조선과 일본이 함께 사는 길은 칼을 내려놓는 길뿐이오. 그대들이 히데요시가 꾸는 헛된 꿈에 따르지 않고 나와 같이 조선 의병으로 나서야 백 년이 넘도록 끊이지 않는 이 기나긴 싸움에서 비로소 벗어날 수 있소. 조선군은 여러분을 기다린다오.

임진년 유월

홍의 의병 스즈키 마고이치로와 사이가 가야

　　셋은 운종가에서 헤어져, 는개는 돈의문을 거쳐 인왕산 능선을 감돌아 창의문 쪽으로, 겨리와 가야는 종묘로 해서 혜화문 쪽으로 가며 부지런히 방을 붙였다. 날이 캄캄해지고 겨리와 가야가 혜화문 밖 선잠단 아랫말에 방을 붙이는데 누가 뒤에서 일본 말로 소리쳤다.

"거기서 뭐 하는 거야?"

돌아보니 일본군 둘이 다가오고 있었다. 겨리와 가야는 눈으로 신호를 주고받으며 북악산 자락으로 치달았다.

"잡아라!"

"거기 서!"

겨리와 가야는 뒤도 돌아보지 않고 달렸다.

따땅!

철포 소리가 어둠을 갈랐다. 둘은 나무를 헤집으며 비탈로 치달았다. 총소리를 들었는지 성곽을 지키던 일본군 몇이 횃불을 치켜들고 나타났다. 겨리와 가야는 더 많은 일본군이 모이기 전에 벗어나야 한다는 생각에 정신없이 내닫다가 갑자기 허방다리를 짚으며 아래로 떨어졌다. 아득했다. 얼마나 지났을까?

게슴츠레 눈을 뜬 겨리 눈에 얼굴 하나가 어렴풋이 보이더니 점점 또렷해졌다. 가야였다.

"이제 정신이 들어?"

"여기가 어디야?"

"땅속인데 어떻게 나가야 할지 모르겠어. 저기 빛이 보이지? 우리가 저기서 떨어졌어."

겨리가 올려다보니 까마득한 위에서 빛이 들어왔다.

"내가 정신을 잃은 지 얼마나 됐어?"

"몇 시진은 지났을 거야. 몸은 괜찮아?"

몸을 둘레둘레 살펴보니 왼쪽 팔꿈치가 크게 긁힌 것 빼고는 다친 데가 없었다. 일어나서 이리저리 움직여 봐도 아픈 데가 없었다. 다행이다 싶어 한숨을 내쉬었다. 그런데 아랫도리에 피가 흥건했다.

"어, 웬 피야. 다쳤어?"

"모르겠어."

"이리 와서 앉아 봐."

"다친 것 같지는 않은데, 피가 흐르네."

속곳을 들춰 본 가야가 빙긋 웃었다.

"달거리네."

"달거리?"

"여성이 되었다는 얘기야. 아기를 낳을 수 있게 되었어. 기쁜 일이지."

겨리는 다친 것이 아니라 다행이라고 생각하면서도 달거리라는 말이 어쩐지 쑥스러워 생각지도 않게 말이 퉁명스럽게 나갔다.

"사람이 죽어 나가는 싸움터에서 아이를 낳을 수 있게 되었다고 어찌 기뻐할 수 있어?"

가야가 보퉁이에서 솜을 얇게 두어 듬성듬성 시친 소창을 꺼내 건넸다.

"세상을 이렇게 만든 사람들 잘못이지. 새 목숨 밸 힘을 갖춘 것을 어찌 기뻐하지 않을 수 있겠어? 오늘은 네가 여성으로 새로 태어난 거룩한 날이야. 내 달거리 보인데 이걸 차. 나중에 네 걸 만들어 줄게."

겨리는 밝달이 한 말을 떠올렸다.

'세상에 어미 몸을 거치지 않은 목숨붙이는 없다. 부처님도 공자님도 모두 여성이 낳았다. 그러니 여성이 되는 일은 더없이 기쁜 일이다.'

"그런데 세상은 어째서 목숨 낳는 여성을 거룩하게 보기는커녕 하찮게 여겨?"

"차갑고 거친 이들이, 따뜻하고 부드러운 힘이 세상을 얼마나 살 만하게 만드는지 애써 고개를 돌려서 생기는 일이야."

자분자분하니 말하는 가야가 오늘따라 퍽 어른스럽다고 느끼며 겨리가 물었다.

"우리를 살리는 힘은 다 따뜻하잖아. 봄도 따뜻함이 세우고. 그런데 사내들은 어째서 받아들이려고 하지 않을까?"

"사람 사이를 사랑으로 세우지 않고 겨룸으로 세우려고 드는 탓이지."

"그러게. 그런데 여기서 어떻게 나가지?"

겨리가 위를 올려다보니 떨어진 곳이 까마득하니 열 길도 넘는 것 같았다. 제법 넓으나 사방이 다 막힌 곳이었다. 어떻게 해야 할지 막막해하고 있는데 어디선가 바람이 솔솔 들어왔다. 반가워하며 바람이 들어오는 곳으로 가 봤으나 막혀 있었다. 주저앉아 맥을 놓고 있는데 졸졸 물소리가 들렸다. 소리를 따라가 보니 벽이 촉촉했다.

"여기를 파 봐야겠어."

둘은 뾰족한 돌을 하나씩 주워 들고 벽을 파 들어갔다. 아래에 점점 물이 고이기 시작하고 돌멩이로 벽을 칠 때마다 '텅텅' 소리가 나면서 물 떨어지는 소리가 들렸다.

"겨리야! 물 쏟아지는 소리 들리지? 바깥이 폭포인가 봐. 힘껏 발로 차 보자."

"하나, 둘, 셋!"

둘이서 힘껏 발길질하자 몸이 튕겨 나오면서 폭포 아래로 텅벙 떨어졌다.

주막으로 돌아오니 는개가 마음 졸이며 서성거리다가 반겼다. 두 아이가 겪은 일을 다 듣고 난 는개가 가슴을 쓸어내리면서 널브러졌다.

"아휴, 하늘이 도왔어. 모두 밤을 꼬박 새웠으니 한 시진만 눈 붙이고 떠나자."

범을 혼쭐낸 토끼처럼

느개와 겨리, 가야는 한양을 떠나면서 선잠단 옆에 있는 서낭당에 가서 돌무더기를 살폈다. 한글로 '혼'이라고 쓰인 돌이 얹혀 있는 걸 보고는 둘레둘레 나뭇가지에 걸린 노란 댕기를 찾았다. 댕기에는 같은 글씨체로 '강원 이천'이라고 쓰여 있었다. '혼'은 광해군 이름으로, 광해군이 강원도 이천으로 오고 있다는 말이었다. 등짐장수들이 쓰는 기별 가운데 하나였다. 장마철에는 이러기가 여간 힘들지 않은데, 요 며칠 비가 오지 않아 글씨가 말짱했다. 다행이다 싶어 가슴을 쓸어내리는데 사당에서 인기척이 났다. 돌아보니 윤슬이 빙긋이 웃고 있었다.

깜짝 놀란 겨리가 손에 들고 있던 댕기를 떨어뜨리며 물었다.

"엄마! 한양엔 어쩐 일이야?"

윤슬이 투박하게 겨리를 끌어안았다.

"왜? 나는 한양 땅 좀 밟으면 어디가 덧나기라도 한다던. 에구 우리 딸, 그사이 얼굴이 까맣게 그을렸구나. 힘들지?"

더운 날씨에 얼마나 부지런히 걸었던지 찌든 땀 냄새가 물큰하게 코를 찌르고, 얼굴에는 송골송골 맺힌 땀이 채 마르지도 않았다.

"날아왔나 보네. 땀도 식히지 못하고."

겨리가 코를 쥐면서 말하자, 윤슬이 깔깔 웃으면서 대답했다.

"퀴퀴한 땀 냄새가 코를 찌르지? 하하, 너흴 한양에서 따라잡으려고 아주 펄펄 날았지."

"엄마! 나 달거리한다. 어제 터졌어."

윤슬이 다시 겨리를 껴안더니 볼에 입을 맞추면서 펄쩍펄쩍 뛰었다.

"그래? 우리 겨리도 이제 여성이네. 고마워."

반가워하는 윤슬과 겨리를 빙그레 웃으며 바라보던 느개가 물었다.

"어찌 올라왔어요?"

윤슬이 이마에 맺힌 땀을 훔쳤다.

"호서 지방에서 의병을 일으킨 김천일, 조헌, 고경명, 박광옥, 최경회 같은 의병장이 힘을 모아 왜놈들을 몰아내기로 뜻을 모았어. 그중 김천일 장군을 따르는 의병들이 이달 말이면 수원에 닿는다는 소식을 알리려고 숨 돌릴 겨를도 없이 달려왔지."

반가운 마음에 윤슬과 한참 얘기를 나누던 겨리가 정신을 가다듬으며 말했다.

"아, 나 좀 봐! 언니, 우리 엄마야. 엄마, 이쪽은 가야 언니. 일본에서 건너왔어."

겨리는 윤슬에게 가야를 만난 까닭을 간추려 말했다.

그때 맞은쪽 숲이 흔들리면서 부스럭거리는 소리가 났다.

는개가 수리검을 뽑아 들며 날카롭게 소리쳤다.

"웬 놈이냐?"

사내아이 둘이 수풀을 헤치고 툴툴대면서 나타났다.

"이크! 왜놈들 눈길 피해서 한양까지 잘 왔는데 우리 편 손에 죽겠네."

저마다 손에 토끼 한 마리씩 들고 서 있는 아이들은 달음이와 팔매였다.

겨리가 소리쳤다.

"너희가 웬일이야? 어울림에 있어야 하는데…."

달음이가 앞으로 나서며 말했다.

"나는 옥천으로 가서 조헌 장군을 돕고, 팔매는 김천일 장군을 맞으러 수원으로 가는 길이었는데 겨리, 네가 보고 싶어서 일부러 한양까지 올라왔어. 서낭당에 광해군이 있는 곳을 알리는 글이 그대로 있기에 '아직 다녀가지 않았구나.' 하고, 돌팔매 명수 팔매가 토끼 두 마리 잡았지."

토끼를 구워 먹으면서 잠깐 수다를 떨고 나서 달음이와 팔매는 아쉬워하면서 아랫녘으로 내려가고, 윤슬만 남았다. 넷은 일본군과 덜 마주치려고 파주, 연천을 거쳐 강을 거슬러 올라가기로 했다.

어렵지 않게 강원도 이천에 들어서니, 이곳저곳에서 난을 피해 온 사람들로 북적였다. 일본군이 쳐들어온다는 소문에 어수선했으나 입에 풀칠해야 하는 난민들은 길거리에 비켜며 옷가지, 이것저 것 잡살뱅이를 펼쳐 놓고 팔고 있었다.

'광해군은 무사히 왔을까?'

이런저런 생각을 하며 걷던 겨리가 고개를 들어 보니 저만치서 말 한 마리가 투레질하면서 미친 듯이 달려오고 있었다.

"이히히히힝!"

"워워!"

말 탄 사람이 고삐를 잡아챘으나 아랑곳하지 않고 내달리는 말 은 겨리와 가야 앞으로 치달았다.

"에구머니!"

가야는 옆으로 비켜서고 겨리는 땅바닥에 바싹 엎드렸다. 겨리 를 뛰어넘어 달려 나가는 말 아래로 말 탄 사람이 굴러떨어졌다.

겨리가 다가가 물었다.

"괜찮으세요?"

"놀랐지? 말이 느닷없이 날뛰는 바람에… 미안하게 되었어."

"저희는 괜찮아요. 다친 데는 없으세요?"

"나도 괜찮아."

그때 멀찌막이서 패랭이를 쓴 사람이 헐레벌떡 달려오면서 소리쳤다.

"저하, 괜찮으십니까? 죄송합니다. 제가 그만 고삐를 놓쳤습니다."

"난 괜찮으니 이 규수들이나 살펴라."

"네, 저하."

저하라는 소리에 거리가 눈이 동그래져서 물었다.

"저하라면 세자 저하란 말씀인가요?"

"그래, 이분이 세자 저하이시다."

"저하! 저희는 곽재우 장군이 보낸 의병이에요."

광해군은 엎드리는 겨리와 가야를 일으켜 세웠다.

"여성들이 어찌 이 먼 곳까지…"

떨어져서 걷다가 놀라서 윤슬과 함께 달려온 는개가 대답했다.

"나라가 바람 앞에 등불인데 여성이라고 가만히 있을 수는 없지요."

언뜻 보기에도 광해군은 는개 또래로 보였다. '세자가 이토록 젊다니…' 하는 마음에 겨리가 믿기지 않는다는 듯이 광해군을 위아래로 훑어보았다.

"왜 그렇게 훑어보느냐?"

"생각보다 훨씬 젊고 멋지셔서요. 높은 사람은 나이가 지긋할 거라고 지레짐작했나 봐요."

겨리가 대답하자 옆에 서 있던 이가 꾸짖었다.

"무엄하다. 세자 저하께 무슨 말버릇이냐!"

광해군이, 나무라는 말구종을 막아섰다.

"아서라! 너희도 놀랍다. 의병이면 마땅히 우락부락한 장정이려니 했는데 여성이, 그것도 어린 사람들이라니."

광해군은 네 사람과 함께 이천 관아로 갔다. 세자시강원 사서 유몽인과 설서 이정귀가 따라 들어왔다.

곽재우 장군이 보낸 서찰을 보고 난 광해군이 물었다.

"어떻게 의병을 그리 빠르게 모을 수 있었느냐?"

윤슬이 대답했다.

"쉬운 우리말로 방을 써 붙이고 '조선은 우리 땅'이란 노래를 지어서 퍼뜨렸더니 백성들이 눈을 뜬 느낌이라며 반겼습니다."

광해군은 몹시 기뻐하며 노래를 알려 달라고 하고는 흥이 난다며 몇 차례 따라 했다.

"나도 쉽게 따라 할 수 있는 가락이니 아이들은 더 금세 배우겠구나."

"네, 줄넘기와 같은 놀이를 하면서 배우면 더 쉬이 익힐 수 있어요."

거리가 대꾸하자 는개가 추임새를 넣었다.

"숭례문 밖 애오개에 사는 아이들이 이 노래를 부르고 있더라고요."

"그래? 언제 만들었는데 도성까지 퍼졌더란 말이냐?"

거리가 고개를 갸웃했다.

"사월 스무사흗날인가 그랬을걸요."

"두 달 남짓한데 그새? 발 없는 말이 천 리 간다더니…."

의병 모으는 노래가 빠르게 번지고 있다는 얘기에 낯빛이 밝아진 광해군이 벙그는 입을 다물지 못했다.

윤슬이 다른 이들도 챙겼다.

"등짐장수와 놀이패들이 나라 곳곳에 다니면서 애를 많이 썼습니다."

"아무리 그래도 아이들인데 재미있지 않으면 부르지 않았을 거야. 짧은 몇 마디에 단군께서 나라를 일으킨 뜻과 터무니를 가려 담아 마음을 흔들다니 누가 지었을꼬?"

"얘가 지었습니다. 열네 살밖에 되지 않았으나 속이 깊고 다부집니다. 글에 힘이 있고 한글을 아주 곱게 씁니다."

느개가 하는 말을 듣기 민망한지 낯을 붉히며 겨리가 말을 이었다.

"언니는 왜 그래? 쑥스럽게. 그런데요, 저하. 왜군이 판을 치고 있는 데서 노래를 들어 보니 걸리는 데가 좀 있더라고요. 왜놈들이 뜻을 알면 경을 칠 수도 있겠구나 싶어서 두 번째 절은 '어진 말, 고운 결, 인심 좋은 토끼 굴 / 쌈박질 살쾡이 몰려 들어와 / 멧돼지 잡으려니 길을 트라 짓밟네.'로, 세 번째 절에 나오는 '무찔러 일본군'은 그냥 '무찔러 살쾡이'라고 바꿨어요. 우리나라 사람이 알아듣도록 뜻을 살리면서도 뭐라고 따지기 어렵게."

고개를 끄덕이던 광해군이 물었다.

"그런데 하필 토끼야? 어쩐지 듣기 거북하구나."

"토끼가 어때서요? 조그마하고 여리지만 착하고 바지런하며 똑똑하잖아요."

겨리가 하는 말을 듣고 난 광해군이 손사래 쳤다.

"하하, 말하려는 뜻은 잘 알겠어. 그러나 나라가 온통 싸움터인데 범처럼 거친 사람들이 있어야지."

"제 생각은 달라요. 〈별주부전〉에선 토끼 간을 뺏으려는 용왕

에게 간을 탐하는 이들이 많아 깊은 산 바위틈에 감춰 두고 왔으
니 가져다주겠다는 꾀를 내어 살아났잖아요."

광해군이 빙긋이 웃으면서 되물었다.

"그래 봤자, 가까스로 제 몸 하나 건진 얘기 아니냐?"

"하하, 저하. 이런 얘기 들어 보셨어요? 범 한 마리가 황새에게
알 하나 주지 않으면 다 빼앗아 버리겠다고 겁을 줘요. 황새가 건넨
알을 날름 삼키고는 또 달라고 졸라요. 지나가던 토끼가 이걸 보고
는 '산중호걸인 범 나리가 쪼잔하게 알 따위를 잡숴서야 체면이 서
겠느냐? 쇠고기보다도 맛있다는 참새고기가 많은 데를 알려 주겠
다.' 하면서 억새밭으로 데리고 가서 눈을 감으라고 해요. 그러곤
억새밭을 빙 둘러서 불을 질러요. 불이 타들어 오자 뒤늦게 속았
다는 걸 알아차린 범은 꽁지 빠지게 도망갔어요. 영리한 토끼는 몸
숨길 굴을 셋이나 파 놓을 만큼 허술한 구석이 없다잖아요."

"어이쿠! 알았다. 말 한마디 잘못 꺼냈다가 단단히 혼이 나는구
나. 그래, 어찌하면 꽁지 빠지게 달아난 범처럼 왜놈들을 이 땅에
서 몰아낼 수 있겠느냐?"

"그야 우리 겨레가 토끼처럼 슬기롭다는 것을 널리 퍼뜨리고
'범도 무서워하지 않는 우리가 살쾡이 따위를 겁낼쏘냐!' 북돋우면
서 신바람을 일으켜야지요."

그때 윤슬이 앞으로 나섰다.

"저하께서 말씀을 재미있게 나누시는 바람에 진작 드려야 할
말씀을 놓쳤습니다. 저하, 의병장 김천일 장군이 아우르는 의병 부

대가 머잖아 수원으로 올라온답니다. 김천일 장군은 조정과 전라도를 잇는 뱃길을 반드시 트겠다며 세자 저하께 알리라고 했습니다."

금세 낯꽃이 환해진 광해군이 천군만마를 얻은 것 같다며 기뻐했다.

과연
우리 임금님 아들

날이 밝자마자 광해군은 유몽인과 이정귀, 겨리 일행을 불러 앉혔다.

그리고 가야에게 물었다.

"일본군이 어떻게 싸우는지 말해 보거라. 또 조선군이 쩔쩔매는 철포 부대가 지닌 장단점도 듣고 싶구나."

가야는 조선 의병이 된 마고이치로 철포 부대 얘기를 낱낱이 고했다.

광해군이 고개를 끄덕였다.

"울림이 매우 크구나."

그리고 느개에게 물었다.

"의병이 일본군에 앞서는 것이 무엇이겠느냐?"

"우리 땅은 누구보다 우리가 잘 알기에 숨어 있다가 치고 빠지는 싸움을 잘합니다. 또 어떤 일이 있더라도 반드시 식구들을 살려야 한다는 마음도 아주 강하지요."

광해군이 다시 물었다.

"백성들이 의병으로 나서도록 하려면 어떻게 해야 좋겠느냐?"

눈도 깜짝하지 않고 광해군을 바라보던 겨리가 말했다.

"우리가 놓인 처지를 숨김없이 털어놓고 슬기를 모아야 하지 않을까요? 전주 사고에 있던 사료를 내장산으로 옮길 때도 모두에게 털어놓고 어쩌면 좋을지 물어서 뜻을 모았어요."

"그래, 어떻게 사료를 옮길 생각을 하였더냐?"

느개와 겨리가 사료를 옮긴 까닭을 하나하나 짚어 가며 이야기했다.

"사료들을 옮기고 지키는 데도 사대부보다 여느 백성들이 더 많은 힘을 쏟았어요. 이때도 한글로 쓴 방문이 단단히 한몫했지요."

윤슬이 덧붙였다.

"사람들이 의병으로 나설 수 있는 발판을 마련하면 좋겠습니다. 이를테면 의병은 양반과 평민, 노비를 가리지 말고 공을 세우면 똑같은 상을 주고, 공을 세운 노비는 양민이 되도록 하고, 지나친 세금을 형편에 맞도록 내려 줘야 합니다."

느개는 밝달이 으뜸으로 꼽는 공붓벌레답게 과거 이야기도 꺼냈다.

"조선 초기엔 과거 보는 사람 절반이 평민에 이를 만큼 문이 넓었는데, 요즘 들어서는 양반 열 사람이 붙을 때 여느 백성은 하나도 붙기 힘들 만큼 좁아졌어요. 그러니 과거 품을 넓히겠다고 해야 온 나라 사람들이 나라를 지키겠다는 큰마음을 낼 거예요."

윤슬은 홍의 부대가 어떻게 싸웠는지도 자세히 얘기했다.

"신기전이 크게 힘을 떨쳤는데 전라도로 쳐들어가던 일본군 이천 사람을 단박에 물리칠 만큼 셌습니다. 일본군을 물리칠 때까지만이라도 의병들도 화약을 만들 수 있도록 하면 좋겠습니다."

그러면서 신기전과 투석기, 쇠뇌와 철포 설계도와 마무리가 덜 된 대신기전과 산화신기전 설계도를 건넸다.

겨리가 덧붙였다.

"일본 사람이 알지 못하는 우리말과 우리글로 의병을 모으고 밀서도 주고받을 수 있는 것도 빼놓을 수 없는 좋은 무기예요. 그러니 임금님이 이르는 말씀을 비롯해 의병을 모은다는 방도 한글로 써서 붙이면 '나라님이 우리를 가깝게 여기시는구나.' 하면서 백성들이 기꺼이 나설 거예요."

광해군이 맞받았다.

"빠른 시일 안에 임금께 평민도 알아들을 수 있는 한글로 격문을 써 붙이는 것이 좋겠다는 뜻을 올려 허락을 받겠다. 피난길에 여러 가지 모습을 보면서 조정이 제구실을 하지 못하는 바람에 나라가 위태로워져 백성들 얼굴을 볼 낯이 없다."

고개를 숙이고 잠시 생각에 잠기던 광해군이 다시 말을 이었다.

"이처럼 부끄러운 조정과 내 민낯을 백성들에게 털어놓고 부탁

하고 싶구나. 부디 백성들이 나서서 조정과 힘을 모아 하루바삐 왜
적을 물리치고 조상이 물려준 이 땅을 되찾기를 바란다고. 나라를
찾고 나면 임금께 말씀드려서 백성들이 더는 시달리지 않도록 하
는 것으로 죗값을 치르겠다. 이 뜻을 담아 한글 격문을 지어 다오."

겨리가 떨리는 마음으로 붓을 잡고 앉은자리에서 윤슬, 는개, 가
야와 서로 뜻을 나누며 써 내려갔다.

왕실과 조정이 케구실하지 못해 온 강토가 짓밟혔습니다. 커는 왜커이
쳐들어오기 컨엔 배곯는 괴로움도, 식구를 잃은 아픔도 몰랐습니다. 피
난길에 굶주리고 한뎃잠 자며, 핏덩이를 잃고서야 애간장이 끊어지는
아픔이 어떤 것인지를 알았습니다. 눈이 어두워 그대들이 겪는 아픔을
보살피지 못한 것으로도 모자라 왜커에게 집과 아끼는 식구를 잃고 굶
주림에 시달리며 쫓기도록 만들었습니다. 조청이 게을렀습니다. 지난해
일본에 다녀온 통신사들이 하는 얘기를 듣고 뒤늦게라도 바로잡아 보
려 했으나 그르쳤습니다. 그 탓에 그대들이 어버이를 잃고, 지어미와 지
아비, 딸과 아들을 잃었습니다. 잘못했습니다.

나라를 짓밟고 아끼는 식구들을 죽인 원수와 어찌 한 하늘을 이고 살
수 있겠습니까? 이 땅이 어떤 땅입니까? 조상님 넋이 깃든 곳이요, 어
버이와 가시버시가 도탑게 사는 곳이요, 아이들이 태어나 자라는 곳이
요, 아이들에게 물려줘야 할 땅입니다. 식구들을 지키고 나라를 지키려
면 머뭇거리지 말고 나서야 합니다. 맞싸울이가 되어 왜커을 무찌릅시
다. 맑은 하늘을 다시 보도록 합시다. 의병으로 나서서 나라를 다시 일

으키는 일이 어찌 아름답지 않겠습니까. 손 하나가 아쉽습니다. 이 땅에서 왜적을 깡그리 몰아내도록 부디 나서 주세요. 나라를 되찾은 다음에는 따돌림을 겪는 사람이 없도록 힘쓰겠습니다.

세자 광해군

"오! 사리와 뜻을 또렷이 드러냈네. 누구도 이보다 잘 쓸 수는 없겠어."

광해군이 활짝 웃으며 어서 베껴서 나라 곳곳으로 보내라고 했다. 의병을 모은다는 방을 받아 든 파발이 나라 구석구석으로 달려 나갔다.

방을 본 사람들이 한마디씩 했다.

"나라님이 한글로 방을 써 붙였네. 누리가 뒤집힐 일이구면."

"나라님이라니! 세자 저하 말씀이잖아."

"임금님이나 다를 바 없지. 조정을 둘로 나눠 나랏일은 다 세자 저하가 하신다잖아."

"똥줄이 타들어 가니 어쩔 수 없었을 테지. 난리 끝나면 달라지지 않겠어? 뒷간 들어갈 때와 나올 때 마음이 다르잖아."

꾸밈없는 말씀에 울먹이는 이들도 적지 않았다.

"그래도… 진정이 느껴지지 않아? 나는 뭉클한데."

"앞으로도 쭉 누구나 알아볼 수 있도록 한글로 방을 붙이면 좋겠어."

백성들은 이웃에게, 동무에게, 식구에게 알렸다. '조선은 우리 땅'도 나라 구석구석으로 퍼져 가면서 이 사람 저 사람이 저도 모르게 흥얼거렸다. "발 없는 말이 천 리 간다."고 나라님이 한글로 의병을 모은다는 방을 써 붙였다는 이야기가 산속에서 숨죽이며 숨어 있던 백성들에게도 흘러 들어갔다.

사람들이 구름처럼 몰려들었다. 헐벗고 굶주림에 겨워 초췌한 행색을 하고도 마음을 알아주는 나라님 앞에 기꺼이 모인 사람들을 보며 광해군은 북받쳐 오르는 가슴을 억누르지 못했다.

스스로 죄인이라며 베옷을 입고 나선 광해군은 눈물을 쏟아 냈다.

"나라를 바람 앞에 등불로 만든, 못난 제 부름에 이토록 많은 사람이 달려오다니 믿어지지 않습니다."

사람들이 엎드리면서 말했다.

"과연 우리 임금님 아들이시다!"

모인 이 가운데 누군가가 말했다.

"세자 저하도 피난길에 아이를 잃으셨대. 그것도 갓난아이를."

사람들은 피난길에 핏덩이를 잃은 광해군을 제 아픔을 나눌 수 있는 나라님으로 받아들였다.

이때 아이 하나가 흥얼거렸다.

"하얀 해 검 하늘, 어울리어 낳은 땅. 어우렁더우렁 서로 살려라."

옆에 있던 아이가 이어 불렀다.

"일깨우신 큰 뜻, 품어 새긴 그 이름 아사달 아사달!"

한 입 두 입 건너가며 소리가 커졌다.

"어진 말, 고운 결, 인심 좋은 이 나라 쌈박질 왜적이 몰려 들어 와 명나라 가는 길 열어 달라 짓밟네. 어쩌면 좋을까 …… 의병 될 사람 이리 와서 붙어라. 한 얼 가진 사람을 한글이 불러 이 나라 이 땅을 우리 힘껏 지키자. 조선은 우리 땅!"

이제 광해군은 사람들과 하나가 되었다. 여기저기서 죽창을 깎아 들거나 낫이라도 꼬나들고 나서는 의병들을 보며 가야가 말했다. 일본 사람들은 윗사람이 무너지거나 도망가면 백성들은 바로 꼬리를 내리고 힘센 쪽을 따르는데, 조선 사람들은 윗사람이 도망가도 스스로 나서서 싸우는 것이 신기하다고.

광해군은 의병을 일으킨 사람들 가운데 벼슬한 적이 있는 이들을 초토사로 삼아 관군과 힘을 모으도록 하며 흩어진 민심을 하나로 모으려고 애썼다. 부산에서 한양까지 천백 리, 다시 평양까지 육백 리 모두 천칠백 리에 기다랗게 뻗은 일본군을 밤낮없이 가로막고 나서서 숨통 조이던 맞싸울이들을 하나로 이을 발판을 차곡차곡 마련해 갔다. 비격진천뢰를 만든 이장손을 불러올리고, 성을 지키는 관군과 제법 틀을 갖춘 의병 부대에서 대장장이와 화포를 다룰 수 있을 만한 이를 불러올려 기술을 알려 주도록 했다. 막손이와 어울림 대장장이 망치 아재, 막손이 아버지 옹이도 불러올려 신기전 만드는 법을 널리 펴라고 했다.

한가위,
싸우지 말고 쉽시다

유월과 칠월 상순에 걸쳐 나라 곳곳에서 의병들이 일본군을 물리쳤다는 소식이 잇달아 분조(임시로 세운 조정)로 올라왔다. 오월 초까지 일본군이 쥐고 흔들던 싸움 흐름이 뒤집히고 있었다. 칠월 보름. 며칠째 퍼붓던 비가 개고 나서 떠오른 보름달이 유난히 밝았다. 윤슬은 어울림으로 돌아가고 겨리와 는개, 막손이와 막손이 아버지 옹이, 망치 아재 그리고 가야는 서둘러 의령 홍의 부대로 돌아가야 했다. 의병을 모으고 나서 처음으로 성을 치기로 했으니 힘을 보태면 좋겠다며 곽재우 장군이 불렀기 때문이다. 물리치는 데서 나아가 무찔러 쫓아내야 하기에 빠짐없이 살펴야 했다.

낙동강을 건너 현풍성으로 쳐들어간 홍의 부대가 철포와 중신기전을 쏘아 댔으나 일본군은 움쩍도 하지 않았다. 이렇게 맞서기를 사흘째. 가야는 일본 악기인 고토와 샤미센으로 구슬픈 일본 전통 가락을 켜서 삶이 고달파 눈물짓는 일본군 마음을 흔들어 놨다. 일본군이 곤히 잠든 사이에 의병들은 비슬산 기슭과 현풍성 뒷산으로 올라가 횃불을 대낮같이 밝히고 투석기에 솜을 감아 기름을 먹인 돌에 불을 붙여 쏘고, 천자총통을 쏘아 댔다. 갑작스러운 포격을 받은 일본군은 몹시 놀라 우왕좌왕하다가 슬그머니 성을 버리고 물러났다. 별 피해 없이 일본군을 물리친 것에 기꺼워하며 무섭게 쫓지는 않되 이참에 혼쭐을 쏙 빼놓아야 한다며 말 탄 부대가 뒤를 쫓았다. 쫓는 것을 눈치챈 일본군이 창녕 가는 길목에 진을 치고 막아섰다. 그러자 홍의 부대 사람들은 말 등에 벌통을 매달아 엉덩이에 세차게 채찍질해 적진으로 달려가도록 했다. 모두 다섯 마리였다. 말 등에서 쏟아져 나온 벌 떼가 일본군에게 달려들어 마구 쏘아 댔다.

"아악!"

"이게 뭐야?"

"앗 따가워!"

느닷없이 밀어닥친 벌 떼 등쌀에 일본 진영은 아수라장이 되었다. 어수선한 틈을 타 말 탄 홍의 부대가 활을 쏘며 흔들어 대니 삽시간에 무너져 내리고 말았다. 벌통을 쓰자고 한 사람은 가야였다. 꿈에 벌집을 털다가 혼쭐나는 곰을 보고 일본군과 싸울 때 쓰면 좋겠다고 생각했단다. 처음으로 잃어버린 성을 되찾았다는 기쁨을 한껏 누렸다.

나흘 뒤 달음이가 찾아와서, 조헌 장군이 아우르는 의병과 영규 스님이 이끄는 의승군이 힘을 모아 팔월 초하루 청주성을 되찾았으며, 권응수 장군이 일으킨 의병은 그보다 앞선 스무여드렛날 영천성도 다시 찾았다고 전했다. 빼앗긴 성을 착착 되찾아 가고 있다는 생각에 의병들은 가슴이 부풀었다. 이 소식을 광해군에게 알리려고 느개와 달음이가 서둘러 분조로 떠났다.

느개와 달음이가 떠난 다음 날 밝달이 윤슬과 함께 홍의 부대로 왔다. 뜻밖이었다. 겨리는 좀처럼 어울림을 나서지 않는 밝달을 보니 너무 반가워 방방 뛰었다.

"샘, 어떻게 여기까지 오셨어요?"

"우리 겨리 얼굴이 새까맣게 탔구나. 어디 아픈 데는 없어? 의병들이 잃었던 성을 되찾아 백성들 숨통을 틔워 주는데 가만히 앉아 있을 수 없어서 마음이라도 보태려고 왔지."

이때 오운 장군과 곽재우 장군이 밝달 뒤로 다가왔다.

오운 장군이 인사를 건넸다.

"어려운 걸음 하셨습니다."

"한 번 와 뵙고 싶었는데 벼르다가 이제야 왔습니다."

곽재우 장군도 인사했다.

"오시는 길 힘들지 않으셨습니까? 난리 통이라 어수선할 터인데."

"염려해 주신 덕분에 어려움 없이 왔습니다. 나라 살리느라 바쁜 분들이 이리 틈을 내어 주셔서 고맙습니다."

현풍성을 되찾은 홍의 부대는 큰 힘을 쏟지 않고 창녕성에 있던 일본군을 몰아냈다. 두 싸움에서 잡은 일본군이 마흔둘인데 그 가운데 다친 사람이 서른여덟이나 되었다. 밝달, 윤슬과 가야, 겨리는 잠자는 것도 거르고 다친 의병과 일본군을 정성껏 구완했다.

현풍성과 창녕성에서 물러난 일본군까지 몰려든 영산성은 칠천이 넘는 군사들로 북적였다. 홍의 부대는 이천여 사람에 지나지 않았으나 잇달아 일본군을 물리친 기세로 성을 에워쌌다.

그날 밤, 구름이 달을 가려 캄캄한데 바람이 몹시 불었다. 일본군 특공대 스무 사람이 숨을 죽이고 조용조용 홍의 부대 막사에 다가섰다. 그 뒤를 재갈 물린 말에 탄 일본 싸울아비 백 사람이 에워쌌다. 특공대가 홍의 부대 막사에 불화살을 쏘아 댔다. 불길이 치솟는데 막사에선 아무런 기척도 없었다.

"덫이다."

"텅 비었어. 물러서라!"

돌아서는 일본군 특공대와 말 탄 싸울아비 머리 위로 화살이 빗발치듯이 쏟아졌다.

"악!"

"아악!"

윤탁 장군이 소리쳤다.

"한 놈도 살아서 돌아가지 못하도록 하라!"

따다다땅!

철포에서도 불을 뿜었다. 일본군이 속절없이 죽어 갔다. 조금 뒤 말 탄 홍의 장군들이 달려들어 일본군을 이리 치고 저리 베면서 흔들었다. 쳐들어올 줄 알고 길목을 지킨 의병들에게 되치기 당한 일본군은 쉰 사람 가까이 포로가 되고 살아 돌아간 사람이 거의 없었다.

일곱 시간 전. 저녁을 먹고 나오는데 돌개바람이 일었다. 빨래가 날아가고, 문짝이 몹시 흔들리고, 눈을 뜨기 어려웠다.

"갑작스레 웬 바람이 이리 불지?"

고개를 갸웃하던 밝달이 화들짝 놀라며 오운 장군에게 말했다.

"장군, 바람이 심상치 않습니다. 골짜기를 타고 우리 쪽으로 부는군요. 이런 날 밤에 왜적이 숨어들어 불이라도 지른다면 꼼짝없이 당하겠습니다. 군대를 물리고 있다가 왜적이 숨어들기를 기다려 뒤에서 치면 좋지 않을까요?"

뜻을 받아들여 서둘러 부대를 비우고 물러선 홍의 부대는 소리 없이 다가온 일본군을 무찔렀다.

얼굴 한가득 웃음 띤 곽재우 장군이 밝달에게 말했다.

"선생이 아니었더라면 꼼짝없이 당할 뻔했습니다. 성안에 있는 왜적이 칠천이 넘는다는데 우리는 현풍과 창녕을 지킬 이들을 두고 오느라 가까스로 이천을 채워서 한걱정하고 있었습니다. 그런데 느닷없이 덮친 왜적을 물리치는 바람에 사기가 크게 올랐습니다."

"별말씀을 다 하십니다. 제가 말씀드리지 않았더라도 똑같이 하셨을 겁니다. 그런데 장군, 오늘 새벽에 성안에서 한 시진 가까이 연기가 피어오르더군요."

곽재우 장군이 밝달이 있는 쪽으로 몸을 틀면서 물었다.

"무슨 일일까요?"

"불이 났다면 소란이 일었을 터인데 그렇지 않은 것으로 보아 돌림앓이가 아닌지 걱정입니다. 아랫녘에 돌림앓이가 돈다는 얘기가 있어서요."

오운 장군이 걱정 어린 낯빛으로 끼어들었다.

"돌림앓이라면… 담이 있다고 막을 수 있는 것이 아닌데 어쩌지요?"

밝달이 나섰다.

"제가 왜장을 만나 볼까 봐요. 돌림앓이라면 우리도 마음 놓을 수는 없으니까요."

곽재우 장군이 걱정스러운 낯빛으로 물었다.

"적진을… 괜찮으시겠습니까?"

"별일이야 있겠습니까? 왜장 만나는 김에 돌림앓이도 가라앉힐 겸 한가위를 맞아 한 사흘 싸움을 쉬면서 병사들 마음도 달래면 좋지 않겠느냐고 물어도 보지요."

낯꽃이 확 펴진 오운 장군이 반겼다.

"좋은 생각입니다. 그렇지 않아도 왜군보다 우리 병력이 적어 삼가와 의령, 합천에 있는 의병과 관군에게 힘을 보태 달라고 했는데, 시간을 벌 수 있겠습니다."

그사이에 겨리와 가야가 쉬지 않고 잡힌 왜군들과 얘기를 나눴다. 남을 사람은 남는 대로 우리 사정을 헤아려야 했고, 돌아갈 사람은 돌아가는 대로 넉넉한 우리 인심을 심어 줘야 한다고 생각했기 때문이다. 세 사람이 더 의병으로 돌아섰다. 돌아가겠다는 이들에게 돌려보내겠다고 했더니 믿어지지 않는다는 듯이 눈이 동그래졌다.

밝달은 여름에 번지는 돌림앓이는 학질밖에 없을 것이라면서 질경이와 괭이밥, 박 넝쿨을 뜯어 오고 익모초도 찾아오라고 했다. 죽이겠다고 덤비는 일본군에게 살리는 맛을 보여 주려는 마음 씀이었다. 겨리와 윤슬, 통변을 맡을 가야가 따라나섰다. 앓이 구완을 해야 할지도 모르기 때문이었다.

이토 모리카게는 뜻밖이라는 낯빛으로 밝달을 맞았다.

"조선에 와서 싸운 지 여러 달째를 맞습니다만, 조선 사람이 찾아와서 얘기를 나누자고 하긴 처음입니다."

"요사이 학질이라는 앓이가 돈다는데 이곳에도 앓는 이가 있을지 몰라 약풀을 몇 가지 챙겨 왔습니다."

"그렇지 않아도 의심이 갔습니다. 앓는 이들이 여럿 있고 두 사람이나 앓다가 죽었습니다. 혹시나 해서 지난밤에 옷과 쓰던 것을 다 태웠습니다."

"제가 앓는 이들을 좀 살펴봐도 될까요?"

핑계 김에 둘러볼 속셈이었다. 이토 모리카게는 선뜻 그러라고 했다. 옥졸을 따라 들어서니 조붓한 옥사에 조선 사람 여럿이 옹송그리고 앉아 있었다. 한쪽 구석에는 늙수그레한 남성과 앳된 여성이 널브러져 있었다. 다가가 이마를 짚어 보니 불덩이였다.

밝달이 옆에 있던 사람에게 물었다.

"언제부터 이랬어요?"

"한 이틀 되었어요. 첨엔 오한이 든다며 벌벌 떨더니 얼마 전부터 저렇게 불덩이처럼…"

"이 사람들만 따로 떼어 놓고 구완해야 해요."

갇힌 사람들에게 물어보니 남성 셋은 사기장이고 나머지 아낙여섯 사람은 까닭 모르게 끌려왔다고 했다.

앓는 이들을 돌아본 밝달은 학질이 틀림없다면서 이토 모리카게에게 싣고 간 약풀 다발을 건네면서 물었다.

"그런데 장군, 싸울아비도 아닌 사람들을 어찌 잡아들이셨습니까? 풀어 주시지요."

이제껏 넉넉한 웃음을 띠며 얘기하던 왜장 낯빛이 금세 굳어지면서 손사래 쳤다.

"아니 됩니다. 그만한 까닭이 있어 잡아들인 것이니."

"여성들도 적지 않던데 무슨 잘못을 저질렀단 말입니까?"

"잘못이 있든 없든 군령이라 풀어 줄 수 없습니다."

윤슬이 나섰다.

"군령이라? 그러시군요. 다친 일본 병사를 적잖이 구완하고 있는 우리는 일본 군영으로 돌아가고 싶다는 싸울아비들은 돌려보내기로 했습니다."

우리는 원수인 일본군도 돌려보내려고 하는데 너희는 애먼 백성들을 붙들고 있을 테냐 하는 마음에서 던진 말이었다.

이토 모리카게가 깜짝 놀라며 물었다.

"다친 우리 병사를 구완하여 돌려보내겠다고요?"

"네."

"다친 우리 병사들을 죽이지 않고 구완하고 있다고 했소?"

"그렇습니다. 우리는 살려고 싸우고, 살리려고 싸우는 이들이기 때문입니다."

"끄응… 몇 사람이나 되오?"

"돌아가겠다는 이는 스무 사람 가까이 됩니다."

"돌아오지 않겠다는 사람도 있다는 말씀이오?"

"그렇습니다. 싸워야 할 구실도, 얻는 것도 없이 눈을 뜨면 싸워야 하는 것이 지긋지긋해서 돌아가지 않겠다는 이가 훨씬 많습니다. 우리는 다쳐서 잡힌 왜군을 구완해 살려 내는데 그대들은 어찌 애먼 여성들까지 함부로 잡아 가둡니까? 칼과 꽃, 무엇이 셀 것 같습니까? 칼은 꽃을 베는 데 쓰는 게 아니라 꽃을 지키는 데 써야 해요. 칼로 꽃을 베면 그만이다 싶지만, 꽃은 베인 자리에서 다시 피어납니다. 거듭 꽃을 베는 사이에 칼이 녹슬고 말아요. 힘없는 이들을 마구 잡아 가두고도 참된 싸울아비라 할 수 있겠습니까?"

윤슬이 폭포수처럼 쏟아내는 말에 이토 모리카게가 할 말을 잃고 잠자코 있었다.

"아니, 보자 보자 하니까 이것이!"

이토 모리카게 옆에 있던 부관이 칼을 빼서 윤슬을 내리치려고 했다.

"끼어들지 말아. 바보 같은 놈!"

이토 모리카게가 내뱉는 소리에 움찔한 부관이 낯이 벌게지면서 칼을 거둬들였다.

"미안하오. 그렇지 않아도 찜찜하던 참이오. 군인은 믿음에 어긋나더라도 명령에 따르지 않을 수 없어서 그랬소. 그러나 그대들이 우리 싸울아비들을 돌려보낸다고 하니 퍽 부끄럽소. 우리도 아낙들과 사기장이들을 풀어 주겠소."

이때 밝달이 말했다.

"장군, 학질이 널리 퍼지지 않도록 다스리려면 사람들이 되도록 덜 움직여야 합니다. 마침 한가위 명절도 끼었으니 한 사흘 싸움을 멈추면 어떻겠습니까?"

"학질이 퍼진다면 사상자가 적지 않을 테니 그러면 좋겠습니다. 며칠 쉬면서 가라앉히도록 하지요."

다음 날부터 열엿샛날까지 싸움을 쉬기로 했다.

이튿날 조선군은 잡고 있던 일본군을 보내고, 일본군은 끌려간 사람들과 성안에서 돌림앓이를 하는 조선 사람들과 그 식구들을 돌려보냈다. 밝달은 어울림에서 바리바리 싣고 온 쌀을 풀어 가까이 있는 마을 아낙들과 함께 송편을 빚어 차례를 올렸다. 붉은 팥이 소복한 시루떡도 셀 수 없을 만큼 쪄서 일본군에게도 돌렸다. 어울림 예인들이 나서서 가야금과 거문고, 아쟁 따위로 '방아타령'을 비롯해 흥겨운 민요를 켰다. 그러는 사이 의령에서, 초계에서, 고령에서 지원군이 잇달아 들어왔다.

한가윗날 밤 아주 커다란 보름달 아래서 어울림 예인들과 가야가 어울려 우리 가야금과 아쟁, 일본 고토와 샤미센에 우리 민요와 일본 민요를 번갈아 켜 내려갔다. 모두 어서어서 일본군을 물리쳐 식구들과 오순도순 살기를 빌었다.

성안에 있는 일본군들도 고향에 두고 온 어버이와 아내, 아이들을 그리며 눈물지었다. 이토 모리카게를 따르는 열다섯 살 난 일본군 기수 가마도 탄지로도 떡에서 엄마 냄새가 나는 것 같다며 눈물을 흘렸다.

팔월 열이렛날 아침. 빨갛게 동이 터 오고 있었다. 성을 쳐들어가야 하는 맞싸울이들은 바퀴가 달린 높다랗고 위가 넓은 나무 탑을 세 대나 지어 세웠다. 성벽과 높이가 비슷한 탑 위는 성벽처럼 총을 쏠 수 있는 총구멍만 남기고 쇠 방패를 둘렀다. 탑 아래에는 머리부터 발끝까지 철갑을 두른 열두 사람이 밀고 나갈 수 있도록 장치했다. 탑 위에는 철포 부대원 여덟 사람이 두 줄로 자리 잡았다. 조선에 와서 이와 같은 것을 처음 본 일본군들은 성 위로 고개를 내밀고 바라봤다.

처들어가라는 북소리에 비격진천뢰를 얹은 화포 세 문이 먼저 불을 뿜었다. 일본군들은 바닥에 떨어져서 뿌지직거리는 비격진천뢰에 쭉 둘러서서 뭔지 바라봤다.

"이게 뭐지?"

"글쎄, 뭘까?"

"미친놈들. 객쩍게 뭐 이런 걸 쏘아?"

"죄다 불발탄이네."

"조선 놈들 웃긴다."

키득키득 웃는데 여기저기서 커다란 폭발음이 들리면서 진천뢰가 터졌다.

펑!

퍼버벙!

펑!

둘러선 일본군들이 외마디를 지르면서 나뒹굴었다.

"어쿠!"

"아아악!"

얼굴을 감싸거나 배를 부여잡고 쓰러지는 일본군들이 외쳤다.

"포탄에 귀신이 쓰였다!"

"귀신 포탄이래!"

성안은 금세 아수라장이 됐다. 그때 머리 위로 중신기전이 소나기처럼 쏟아졌다. 몸에 꽂힌 화살이 다시 여기서 펑! 저기서 펑! 터지면서 넋이 나간 일본군들은 내빼기 바빴다. 이어서 비격진천뢰세 문과 천자총통과 지자총통 열 문에서 포탄이, 투석기 세 문에서는 불붙은 돌무더기가 성안으로 우박처럼 쏟아졌다. 여기저기서자지러지는 외마디 소리가 터졌다. 의병들은 때를 놓치지 않고 성벽에 사다리를 걸고 오르고 우렁찬 소리를 내며 성문을 부수었다. 겨리와 윤슬 그리고 가야가 북소리에 맞춰 목청 터지도록 '조선은우리 땅'을 불렀다. 되받아치는 일본군도 만만치 않았다. 사다리로뛰어오르는 의병을 거듭 베고, 철포를 쏘아 의병들이 앞으로 나아가지 못하도록 했다. 나무 탑 위에 있던 홍의 철포 부대 총구도 불을 뿜었다. 일본군들은 하루 내내 비격진천뢰와 중신기전 세례를받아 수없이 죽어 자빠지면서도 좀처럼 기세가 꺾이지 않았다. 이대로 하루해가 저무나 보다 싶은 바로 그때 일본군 진영에서 하얀깃발이 올라갔다.

가장 먼저 본 사람은 가야였다.

"겨리야! 저게 뭐지? 하얀 깃발이 올라갔어."

겨리가 고개를 갸웃거렸다.

"흰 깃발? 항복하겠다는 건가."

우리 진영과 적진에서 총알이, 포탄이, 화살이 날아드는 것이잦아들었다. 흰 깃발이 점점 세게 휘날렸다.

피 묻은 칼을 든 이토 모리카게가 깃발을 흔드는 기수에게 달려

가면서 소리쳤다.

"가마도 탄지로! 뭐 하는 거야?"

"네?"

깃발을 흔들던 가마도 탄지로가 멍한 낯빛으로 흔들기를 멈추었다.

"이 녀석, 무슨 짓이야?"

"어?"

가마도 탄지로는 제 손에 들린 흰 깃발을 얼빠진 낯빛으로 내려다보고는 한숨지었다.

"멍청한 놈! 정신을 어디다 팔고 있는 거야?"

이제 활시위를 당기는 사람도, 철포를 꼬나드는 사람도, 화포에 불을 붙이는 사람도 없었다. 갑자기 찾아든 고요함에 모두 얼떨떨했다.

그때 이토 모리카게 목소리가 고요함을 갈랐다.

"내가 그리 내려가겠소. 길을 터 주시오."

이토 모리카게는 기수 가마도 탄지로와 함께 성을 나왔다.

"곽재우 장군 만나는 자리에 지난번에 우리 부대에 찾아온 사람들도 불러 주시오."

모두 자리에 앉자 이토 모리카게가 에두르지 않고 말했다.

"우리가 졌소. 따사로움이 우리 무릎을 꿇렸소. 내 기수가 저도 모르게 흰 깃발을 흔들도록 만들었으니…. 며칠 전 그대들이 건넨 말처럼 우리는 꽃을 이기지 못한 칼이 되고 말았소. 살림을 내세우는 슬기로운 여성들에게 졌어요. 물러설 테니 길을 터 주시오."

곽재우 장군이 물었다.

"알겠소. 내일 아침에 떠나도록 하시오. 어디로 가시려 하오?"

"성주성으로 가렵니다."

"그대들이 성주성으로 들어갈 때까지 막아서지 않겠소."

"고맙소."

겨리는 이토 모리카게와 가마도 탄지로가 꼭 살아서 일본으로 돌아가기를 빌었다. 구실도, 얻는 것도 없이 잃기만 하는 이 모든 싸움이, 영산성 싸움처럼 마무리하여 많은 사람이 목숨을 잃지 않고 살아남기를 바라는 마음에서.

싸움 뒷마무리하며 학질에 걸린 이들을 구완하고 있는데 반가운 얼굴들이 나타났다. 분조로 갔던 느개와 달음이였다.

겨리가 달려 나갔다.

"어떻게 이리 빨리 돌아왔어?"

"네가 보고파서 저하께서 서찰을 써 주시자마자 밤을 도와 돌아왔지."

"피이, 입술에 침은 발랐지?"

느개가 눈을 흘겼다.

"어머? 얘 봐. 참말이야."

얼마 만이던가, 이렇게 웃은 날이. 날마다 사람이 다치거나 죽어 나가는 싸움터를 오가며 눈물 바람을 할 수밖에 없었다. 그러나 이번 싸움은 달랐다. 죽어 나가거나 다친 사람이 없지는 않았지만, 다사로운 품을 나눌 수 있었기 때문이다. 느개가 가지고 온 한글 교지엔 앞으로 백성들에게 알리는 모든 방문은 한나라 글과 한글을 같이 써야 하고, 모든 군사 작전에서 여성과 아이, 늙은이같이 여린 사람을 먼저 보살피라고 쓰여 있었다.

"세자 저하가 황해도 일대를 돌아보고 왔다면서 '조선은 우리 땅' 노래를 곳곳에서 들을 수 있었다고 무척 기뻐하셨어. 참, 이건 저하가 네게 보내신 서찰."

느개가 겨리 어깨를 두드리며 품에서 서찰을 꺼내 건넸다.

겨리야. 잘 지내지? 조청이 잘못하여 어린 네가 싸움터를 떠나지 못하는구나. 미안하다. 왜척을 물리쳤다는 소식이 예서 불쑥 케서 불쑥 쉬지 않고 올라와 기쁘다. 다 네가 우리 말결을 살려 한글로 쓴 방문 덕분이다. 앞으로 조청에서 백성에게 알리는 방문은 한나라 글뿐 아니라 한글도 함께 쓰도록 했다. 임금님께도 일본군에 짓밟힌 곳에서 신음하는 백성들에게 한글 교지를 내려 주십사 말씀드렸다. '조선은 우리 땅'은 아무리 봐도 빼어나다. 이 가락을 흥얼거리다 보니 우리나라 말과 글 결이 얼마나 고운지 알겠더구나. 고맙다. 내 곧 남쪽으로 내려가 보려고 하니 반갑게 만나 마음 나누도록 하자꾸나. 그때까지 부디 몸조심하거라.

임진년 팔월

이혼

겨리는 몸이 둘이라 해도 모자랄 만큼 바쁜 저하가 저한테까지 마음을 쓰나 싶어 콧날이 시큰했다.

지난 칠월 하순 무계에 있던 일본군을 정인홍 의병대 선봉장인 김준민이 이끄는 의병대가 무찔렀다. 일본군이 전라도를 치려는 것을 막은 홍의 부대가 현풍성과 창녕성, 영산성을 되찾아 마침내 우리 군대가 낙동강, 남강 서쪽을 되찾았다. 더불어 영천성과 청주성에 이어 경주성마저 되찾았다. 북쪽에서는 연안성에 들어간 이정암 장군이 의병 오백 사람을 아울러 일본군 육천을 물리쳤다.

이제 조선군을 약졸이라고 비아냥거리는 이는 없었다.

나쁜 짓 한 사람은
별이 될 수 없어

소소소. 바람에 찬 기운이 도는 구월 초. 의병과 관군이 똘똘 뭉쳐 일본군을 물리치고 있다고는 하지만, 싸움이 언제 끝날지 알 수 없었다. 그래서 겨리를 비롯한 어울림 식구들이 싸움터를 떠나 어울림으로 돌아왔다. 가을걷이해야 하기 때문이었다.

여러 달 만에 딸을 만난 바우는 겨리를 안고 어린애처럼 눈물을 펑펑 쏟았다. 큰 바위처럼 듬직하게 어울림을 아우르며 의병들에게 든든한 뒷배가 되던 바우였지만, 순간순간 삶과 죽음이 갈리는 싸움터로 어린 딸을 보내 놓고 졸이던 마음이 한순간 터져 버린 것이다. 그런 마음을 아는지 모르는지 겨리와 윤슬은 그 일을 가지고 두고두고 바우를 놀렸다.

돌아온 사람들은 단군 사당에 제를 올리고 앞마당에 둘러앉아 저마다 왁자하게 지난 얘기를 털어놓았다.

밝달이 입을 열었다.

"다섯 달 가까이 애들 많이 쓰셨어요. 이렇게 마주 앉을 수 있어서 얼마나 고마운지 모르겠어요. 이제 우리는 어울림 언저리 마을로 가서 가을걷이부터 도와야 하겠어요. 그리고 멀리 나가 있는 등짐장수를 비롯해 놀이패들을 불러 모아 가을걷이할 일손이 모자라는 마을을 두루 찾아다니면서 힘을 보태도록 해야 합니다. 그래야 의병과 관군이 왜적과 마음 놓고 싸울 수 있어요."

어울림 살림을 하는 바우가 말했다.

"알겠습니다. 날래미 아지매, 달음이와 팔매는 한 이틀 쉬고 나서 나라 곳곳에 흩어져서 왜적들 움직임을 살피는 등짐장수와 놀이패를 만나 뜻을 알리세요. 나는 윤슬, 당찬 아재와 망치 아재 그리고 겨리와 막손이와 함께 이 마을 저 마을에 들러 염초와 쇠붙이를 더 긁어모으려고 합니다. 이 싸움이 쉽사리 끝날 것 같지는 않으니까요."

그날 저녁, 배가 불러 가는 초승달 아래 모닥불 가에 반가운 얼굴들이 둘러앉았다. 겨리와 윤슬, 막손이와 달음이, 팔매와 는개 그리고 싸움이 아니었다면 만나지 못했을 다솜이와 담이, 덕이와 가야도 있었다. 이런저런 얘기를 나누고 수그러들었을 때, 모닥불을 들척거리던 담이가 진지한 낯빛으로 겨리에게 물었다.

"언니, 나 뱃사공 말고 딴 거 하면 안 돼? 언니처럼 글을 잘 쓸 줄 알았으면 좋겠어."

겨리가 찬찬히 생각을 다듬으면서 말했다.

"되고말고. 배우면 되지. 뭐든 할 수 있어. 밝달 샘처럼 마을을 아우를 수도 있고, 팔매처럼 돌을 던지는 족족 토끼며 노루를 잡을 수 있는 날랜 사냥꾼이 될 수도 있고, 또 막손이처럼 기막힌 손재주로 어울림 살림살이를 빛나게 할 수도 있고, 는개 언니처럼 반 짇고리나 소쿠리를 곱다랗게 짤 수도 있지. 가야 언니처럼 가야금을 잘 탈 수도 있고. 다 네게 달렸어. 아무렴."

"뭐든지? 개똥이 엄마한테 글공부하고 싶다고 했더니 계집애가 얌전하게 있다가 시집이나 가면 되지 되바라지게 그런 생각을 하느냐고 혼쭐내던걸."

담이가 마치 옆에 개똥이 엄마가 있는 것처럼 삐쭉거렸다.

이번에는 는개가 말을 받았다.

"어떤 생각을 하고 살아가느냐에 따라 달라질 수 있어. 개똥이 엄마처럼 생각하는 사람은 그렇게 살면 되어. 그러나 다르게 생각하는 사람은 삶을 다르게 풀어 가면 되지. 그러니까 네가 참으로 바라는 게 뭔지 깊이 생각하고, 바라는 일을 하려면 어떻게 해야 할지 거듭 짚으면서 그리 가면 되어. 뭐든 하는 대로 이룰 수 있지."

문득 하늘을 올려다본 담이가 물었다.

"저기 봐! 별들이 쏟아질 것 같아. 얼마나 될까?"

다솜이가 손가락을 꼽으면서 대답했다.

"한 개, 두 개, 세 개… 음, 백 개도 넘을 것 같아."

별을 세며 두 아이가 주고받는 말을 듣고 가야가 싱긋 웃었다.

"셀 수 없이 많은 저 별빛은, 제구실을 마치고 죽은 이들이 하늘에 올라가 내는 빛이래. 하늘엔… 같은 별이 하나도 없어. 저마다 제 빛깔을 내며 떠 있으니까."

담이가 다시 물었다.

"그럼… 돌아가신 우리 엄마와 아빠도 저 가운데 있어?"

"곱다라니 빛날걸. 어떤 별인지 한번 찾아보렴."

겨리가 낯꽃을 환히 밝히며 말하자 담이가 다시 물었다.

"나도 하고픈 일을 찾아서 살다 보면 고운 별이 될 수 있을까?"

"아무렴 그렇고말고."

별을 세던 다솜이가 물었다.

"나쁜 짓을 한 사람도 별이 될 수 있어?"

이번에는 팔매가 대답했다.

"글쎄, 그런 사람은 별이 되지 못할걸. 죄가 무거워서 뜰 수 없을 테니까."

담이가 팔매 말을 이어받았다.

"그럼 왜적들은 별이 되지 못하겠네."

"히데요시처럼 제 욕심에 눈이 멀어 남을 해코지한 이들은 별이 될 수 없겠지. 그러나 제 뜻과는 다르게 억지로 끌려온 이들은 다르지 않을까. 마고이치로처럼 뉘우치고 의병으로 돌아선 사람들은 빛나는 별이 될 테지?"

막손이가 가만가만 생각을 고르면서 말하자, 가야가 고개를 끄떡이면서 덧붙였다.

"담이야! 다솜아! 우리가 무언가가 되어 옹글게 살고 나서 하늘에 별이 되어 뜰 때 어떤 빛을 낼지 아무도 몰라. 오직 저 할 탓이니까. 빛은 스스로가 고르는 것이거든. 곱고, 부드럽고, 씩씩하고, 굳세고… 어떻게 사느냐에 따라 저마다 다른 빛을 낼 테지."

고개를 끄떡이며 듣고 있던 다솜이가 갸웃거렸다.

"그런데 낮에는 어째서 별이 사라져?"

이번엔 덕이가 말을 받았다.

"사라지는 게 아니야. 낮에도 별이 있지. 햇빛이 너무 세어 별빛이 드러나지 않아서 그래."

담이가 콧등을 찡그렸다.

"해는 욕심쟁이구나. 다른 빛을 다 삼켜 버리니."

윤슬이 조곤조곤 일러 주었다.

"하하. 그렇게 볼 수도 있겠구나. 그래도 그 햇빛이 누리를 환하게 밝히며 푸나무를 기르고 벼를 비롯해 열매를 무르익도록 하여 누리에 사는 온갖 목숨붙이를 살린단다. 그리고 밤낮으로 뜨겁게 내리쬐기만 하면 살기 힘들 텐데, 밤에는 어둠이 깃들도록 비켜 주어 달빛과 별빛을 살려 주지."

이제껏 잠자코 듣기만 하던 달음이가 물었다.

"어둠에 자리를 내주는 해는 욕심쟁이가 아니란 말씀이죠?"

"해는 우리에게 가장 가까이 있는 별이야. 게다가 아주 크단다. 그러니 멀리 있는 별들에 견줘 더 환할 수밖에 없고 품도 아주 넓지. 그래도 하루에서 반만 차지하고 나머지 반은 다른 별들도 빛낼 수 있도록 해 주니까 욕심쟁이라고 보기는 어렵지 않을까?"

윤슬이 빙그레 웃으면서 덧붙이는 얘기를 받아 느개가 마무리했다.

"뭐든지 서로 차지하겠다고 나서면 늘 싸울 수밖에 없어. 태평천하는 크고 작고, 거칠고 곱고, 드세고 여린 온갖 목숨붙이가 서로 도두보고 어울릴 때 이룰 수 있어. 내남없이 어깨동무하여 누리 결을 곱게 빚어 가야지."

겨리는 뜻깊은 이야기를 힘들이지 않고 자분자분 건네는 느개 얼굴이 '참 곱구나.' 하며 바라봤다. 꿈처럼 흘러간 지난 몇 달이 한꺼번에 밀려왔다. 꿈에도 생각해 보지 않았던 싸움, 수많은 주검 앞에서 어쩔 줄 몰라 했던 순간들…. 앞으로 얼마나 많은 사람이 죽어야 이 싸움이 끝날지 막막했다.

그때 바우가 한 말을 떠올렸다.

'싸움으로 많은 사람이 식구를 잃었지만, 그런 가운데서 되찾은, 서로 살리려는 마음이 반드시 조선을 살릴 거야.'

겨리는 고개를 끄덕였다. 마음 다해 힘을 쏟으면 하늘도 울린다는 말이 있듯이, 서로를 살리려는 마음을 잃지 않는다면 반드시 일본군을 무찌를 것이란 생각에 주먹을 불끈 쥐었다. 야무진 겨리 얼굴에 초승달 빛이 내려앉았다.

느개는 그 마음을 다 안다는 듯 겨리 어깨를 토닥였다.

책을 펴내면서

"한글로 쓴 왕실 문서를 모든 조선인 대상으로 발송하고, 사람들이 많이 모이거나 지나다니는 장소에 게시했다."

《임진전쟁과 민족의 탄생》에 나온 이 말씀이 《한글꽃을 피운 소녀 의병》을 태어나게 했습니다. 한국학 박사 김자현은 《임진전쟁과 민족의 탄생》에서 한글은 여성이 쓰는 글이고, 사적이며 비밀스러운 글이었으나 임진왜란을 겪으면서 '우리 겨레'를 일으켜 세우는 글로 바뀌었다고 힘주어 얘기합니다. 조선 선비들이 하찮게 여기던 한글이 우리를 아울러 세웠다는 말씀에 가슴 벅찼습니다. 그랬어도 그뿐이었는데….

생태 동화 작가 권오준 선생에게 임진왜란 때 한글이 나라 살리는 데 한몫했다고 했더니 대뜸 이 이야기를 소설로 써 보라고 하셨습니다. 보고 들은 얘기도 가까스로 옮기는 제가 무슨 소설을 짓겠느냐며 손사래 쳤으나 한솔수북 출판사와 이어 주셨어요. 이 책은 김자현 박사나 권오준 작가가 곁에 없었으면 나올 수 없었습니다. 땅에 떨어진 씨앗이 흙에 힘입어 움트고, 파르라니 돋은 떡잎은 해와 달, 바람과 비, 벌과 나비에게 힘을 받아 꽃 피우잖아요. 이처럼 이웃을 잘 만나 떠오른 생각을 가만가만 일으켜 줄기를 세우고 가지 뻗다 보면 북돋우는 동무들에 힘입어 열매 맺을 수 있다고 얘기하고 싶어서 고마움을 담아 덧붙였습니다.

저는 이 책에서 한글이 우리 겨레를 어떻게 아울렀는지를 짚고, 여성과 아이, 늙은이처럼 힘없는 이들이 나라를 살리는 데 어떻게 이바지했는지, 항복하여 새로 조선 백성이 된 일본군이 조선 살리기에 어떻게 힘이 되었는지 알리려고 했습니다.

임진왜란 발자취를 더듬으면서 여기서 불쑥 저기서 불쑥 나라를 살리겠다고 나선 의병들은 말할 것이 없고, 전쟁으로 서울 춘추관과 성주, 충주에 있던 사고가 불타 없어지고 전주 경기전에 있는 사고만 남았을 때, 천민이라고 내쳐졌던 이들이 나서서 전주 사고에 있던 역사책들을 내장산으로 옮기고 지켰다는 얘기에 울컥했습니다.

또 전쟁 초기에 끊임없이 싸우기만 하는 일본에 맞서 싸우겠다며 조선으로 넘어온 일본군이 적어도 오백에서 삼천여 사람이나 되었다는데 이 사람들이 싸움에 이바지했다는 기록은 찾기 힘들었습니다. 의병장 곽재우가 백 사람도 되지 않는 의병으로 전라도로 쳐들어가려는 일본군 이천 사람을 가볍게 물리쳤다는 얘기도 와닿지 않았습니다. 송상현이 "싸워 죽기는 쉽지만, 길을 빌려주기는 어렵다."라면서 지키던 동래성도 반나절 만에 짓밟으며 거침없던 일본군이 아무리 우리를 얕잡아 봤기로 수십 곱절이나 되는 병력으로 갑자기 고양이 앞에 쥐 꼴이 되다니 말이 되지 않는다고 생각했습니다. 그래서 조선으로 넘어온 일본군 철포 부대가 곽재우가 아우르는 의병들과 어울려 싸웠다고 책에 그렸습니다. 조선 초에 만들어 쓰던, 화약이 쏘아 올려 아주 센 화살인 신기전도 되살렸고요.

이 책에 나오는 싸움 기록은 대부분 역사를 바탕에 두고 썼습니다. '한가위, 싸우지 말고 쉽시다'에서 곽재우 장군이 아우르는 의병들이 빼앗겼던 영산성을 되찾았다는 것은 사실입니다. 그러나 한가위에 싸우지 않고 떡을 해서 나눠 먹은 끝에 일본군이 백기를 들어 올린 얘기는 꾸며 썼습니다. 식구가 되어 정을 나누면 싸우기 어렵다고 말하고 싶어서 그랬습니다.

우리말일지라도 한자로 된 말은 잘 쓰지 않는 제가 좋아하는 한자 낱말이 두 개 있습니다. 바로 정(情)과 식구(食口)입니다. 정은 사람과 사람 사이를 이어 이어 흐르는 어울림으로, 끊기고 잘린 데는 깃들지 않습니다. 한집안 식구란 말에서 알 수 있듯이 식구는 한집에 사는 이들을 가리킵니다. 그런데 식구란 말을 일제 강점기에 일본에서 들어온 말인 가족이 밀어냈습니다. 가족은 피붙이만을 가리키나 식구는 한솥밥 먹는 사이를 다 아우르는 말로 품이 넉넉합니다. 평화는 갈등을 아예 없애는 게 아닙니다. 어수선하니 서로가 제가 겪는 어려움을 나누며 거듭 어울리는 사이에 깃듭니다. 어울리는 데 가장 좋은 것이 밥 같이 먹기이지요. 밥을 나눠 먹으며 서로 살려 사는 삶을 살림살이라고 합니다.

그런데 우리말과 한글이 어떻게 다른지 아세요? 우리말은 누구도 만들려고 애쓰지 않았으나 아득한 옛날부터 저절로 우리 겨레에게 나서 자란 말입니다. 그러나 한글은 세종 임금을 비롯한 조선 초기 사람들이 만든 글씨예요. 이렇게 말해도 잘 와닿지 않는다고요? 영어 'OK'를 '오케이'라고 하면 한글로 쓴 것이고요. '응' 또는 '좋아'라고 해야 우리말을 한 것이에요. '풍전등화'라고 하면 한자를 한글로 쓴 것이고 '바람 앞에 등불'이라고 해야 우리말이라는 말씀입니다. 우리는 배달겨레이니까 우리말은 배달말이에요. 배달은 밝달로 밝은 달, 그러니까 밝은 땅이라는 말이고요.

제가 우리말을 더욱 살려 써야겠다고 마음먹은 건 버스와 지하철이 처음 환승될 때부터였습니다. 중학교 3학년쯤 되어 보이는 학생들이 버스에 오르면서 교통 카드를 리더기에 대니 "환승입니다." 하는 소리가 났습니다. 한 학생이 곁에 있는 동무에게 "환승이 뭐야?" 그래요. 그 학생이 "나도 몰라." 그러더라고요. 제가 "갈아탄다는 소리야." 하고 일러 줬더니 "아… 그럼 '갈아탑니다.' 하면 될 것을."이라고 하더군요. 갈아탄다거나 바꿔 탄다고 했으면 초등학생도 알아들었을 겁니다. 쉬운 우리말을 써야 높낮이 없이 고른 세상이 옵니다. 세종 임금께서 한글을 만들지 않았더라면 우리말도 우리 얼도 우리나라도 스러지고 말았을지 모를 일입니다.

참, 이 책에 나오는 '조선은 우리 땅' 노랫말은 '독도는 우리 땅'에 맞춰 지었습니다. 그러니 틈날 때 놀이 삼아 한번 불러 보세요.

변택주

낱말 뜻풀이

강녕하다 몸이 튼튼하고 마음이 평안하다.

개머리판 총 밑동으로, 쏠 때 어깨 받침.

격문 어떤 일을 여러 사람에게 알리거나 뜻을 모으려고 쓴 글.

구완하다 앓는 이를 보살펴 돌보다. 치료하다 또는 간호하다.

군령 군대에서 내리는 명령.

까막눈 글을 읽을 줄 모르는 눈 또는 그런 사람.

낟알 껍질을 벗기지 않은 곡식 알갱이.

낯꽃 받은 느낌이나 속마음이 얼굴에 드러나는 것.

내남없이 나와 남을 가리지 않고.

내통 적에게 남몰래 비밀을 일러 주는 것.

노고지리 종달새.

노략질 떼를 지어 사람을 해치고 돈이나 물건을 빼앗는 짓.

대목 집 짓는 우두머리 목수.

덤터기 남에게 잘못이나 허물을 덮어씌우는 것. 억울한 누명.

돌림앓이 감염병.

뒷배 겉으로 나서지 않고 뒤에서 보살펴 주는 일. 또는 그런 사람.

득시글득시글하다 사람이나 짐승이 떼로 모여 어수선하게 움직이다.

등쌀 남을 귀찮게 하거나 못살게 구는 짓.

말구종 말 고삐를 잡고 앞에서 끌거나 뒤에서 따르는 머슴.

맘보 마음보 준말. 마음을 쓰는 품. 흔히 못된 버릇을 이를 때 쓴다.

매복 적을 살피거나 갑자기 공격하려고 한곳에 숨어 있는 것.

맨상투 머리에 갓이나 패랭이 따위 아무것도 두르거나 쓰지 않은 상투.

목숨붙이 살아 숨 쉬는 사람이나 짐승을 아울러 이른다. 생명체를 일컫는 우리 말.

무지렁이 아무것도 모르는 사람.

버들고리 키버들 가지로 엮어 만든 그릇.

벌충하다 모자라는 것을 채우다.

벙글다 어린 꽃봉오리가 꽃을 피우기 위해 망울이 생기다. 꽃봉오리가 벌어지듯이
    입을 벌리며 소리 없이 웃다.

벼리다 연장 날을 불에 달궈 두드려서 날카롭게 만들다.

불발탄 터지지 않은 탄알이나 폭탄.

불온하다 사회 질서를 어지럽히다.

사달 사고나 탈.

사료 역사를 담은 자료. 물건, 문서, 책, 건물 따위를 이른다.

사탕발림 남을 부추기거나 속이려고 좋은 말로 살살 달래는 것.

살림 죽음에 맞선 말이 삶이듯이 죽임에 맞선 말로 살리는 일.

삼십육계 앞뒤 재지 않고 부랴부랴 도망치는 일을 이르는 말. '삼십육계를 놓다', '삼
    십육계 줄행랑을 놓다(치다)'와 같이 쓰인다.

서생 유학을 공부하는 사람.

선잠단 누에치기를 처음 했다는 서릉씨에게 제사를 지내던 단.

소목 나무로 세간살이나 문방구 따위를 짜는 목수.

소창 이불 안감이나 기저귓감 따위로 쓰는 천.

소출 논밭에서 나는 곡식이나 곡식 양.

쇠뇌 쇠로 된 발사 장치가 달린 활로, 화살 여럿을 잇달아 쏠 수 있다. 활 솜씨가 없
    는 이도 조금만 익히면 어렵지 않게 쏠 수 있다.

쇤네 옛날에 평민이나 머슴이 양반이나 벼슬아치 앞에서 저를 낮추어 이르던 말.

수리검 손에 쥐었다가 적에게 던지는 작은 칼.

시진 시간을 가리키는 말로, 한 시진은 두 시간이다.

시치다 옷감 여러 겹을 맞대어 듬성듬성 꿰매다.

신바람 신나서 어깨가 우쭐거릴 만큼 즐거움.

싸릿가지 싸리나무 가지.

싸울아비 군인.

아랫말 아랫마을.

아수라장 싸움이 나거나 이것저것 뒤섞여서 몹시 어지러운 곳.

애먼 불똥이 엉뚱한 데로 튀어 억울하게 느껴지는.

어우렁더우렁 여럿이 즐거이 어울리는 모양.

얼 넋이나 정신.

얼개 물건이나 일을 이루는 짜임새나 뼈대.

열쇳말 어떤 실마리를 푸는 열쇠가 되는 말.

염초 충격이나 열 따위 자극으로 열을 일으키면서 터지는 물질.

올무 짐승을 잡는 데 쓰려고 튼튼한 줄로 고리를 매어 만든 덫.

이골 어떤 일을 지겨울 만큼 거듭해 아주 익숙해지는 것.

이레 일곱 날.

이울다 해나 달빛이 약해지거나 스러지다. 또는 꽃이나 잎이 시들다. 점점 힘이 약해지다.

재갈 소리 지르거나 혀를 깨물지 못하도록 입에 물리는 물건.

재인 재주꾼. 고려·조선 때, 무자리 가운데에서 갈라져 나와 광대 일을 하던 사람.

잰걸음 걸음나비가 좁고 빠른 걸음.

적바림하다 나중에 되새기려고 적어 두다.

제격 어떤 일이나 물건에 잘 어울려 들어맞음. (보기: 찐 고구마엔 동치미 국물이 제격.)

제구실 마땅히 해야 할 일.

주검 죽은 몸. 시체를 가리키는 우리말.

총통 옛날에 화통, 화포처럼 화약을 써서 탄알을 쏘던 무기.

태반 절반을 훨씬 넘음.

터무니 터를 잡은 자취. 역사를 일컫는다.

통변하다 통역하다.

판옥선 조선 명종 때 널빤지로 지붕을 덮어 싸움에 쓰던 배.

팔매질 돌 같은 것을 손에 쥐고 멀리 던지는 짓.

패랭이 댓개비로 엮어 만든 갓. 역졸, 보부상 같은 이나 상제가 썼다.

패악질 사람답지 못한 몹쓸 짓.

한뎃잠 한데, 하늘을 가리지 않은 '집 바깥'에서 자는 잠.

허방다리 구덩이를 파고, 그 위에 나뭇가지 따위를 걸쳐 놓고 흙을 덮어 놓은 것.

화승총 옛날에 노끈에 불을 붙여서 화약을 터뜨려 쏘던 총.

휑뎅그렁하다 넓은 곳이 쓸쓸하리만큼 텅 비어 있다.

흰소리 터무니없이 자랑을 떠벌리거나 거드럭거리며 허풍 떠는 말.

한글꽃을 피운 소녀 의병

초판 1쇄 펴낸날 2023년 4월 7일
초판 3쇄 펴낸날 2023년 12월 15일

글   변택주
그림   김옥재
편집장   한해숙
편집   신경아, 이경희
디자인   최성수, 이이환
마케팅   박영준, 한지훈
홍보   정보영, 박소현
영업관리   김효순

펴낸이   조은희
펴낸곳   주식회사 한솔수북
출판등록   제2013-000276호
주소   03996 서울시 마포구 월드컵로 96 영훈빌딩 5층
전화   편집 02-2001-5822 영업 02-2001-5828
팩스   0303-3440-0108
전자우편   isoobook@eduhansol.co.kr
블로그   blog.naver.com/hsoobook
페이스북   chaekdam
인스타그램   chaekdam

ISBN 979-11-92686-52-3

큐알 코드를 찍어서
독자 참여 신청을 하시면
선물을 보내 드립니다.

 책담 다른 내일을 만드는 상상